Ein gutes Leben

Bibliografische Information der Deutschen Nationalbibliothek:
Die Deutsche Nationalbibliothek verzeichnet diese Publikation in der Deutschen Nationalbibliografie; detaillierte bibliografische Daten sind im Internet über dnb.dnb.de abrufbar.

© 2017 Daniel Gama da Silva Cunha Spieker

1. Auflage

Covergestaltung: Kjartan A.

Herstellung und Verlag: BoD – Books on Demand, Norderstedt

ISBN: 978-3-7431-7397-2

An dieser Stelle möchte ich vorwarnen, dass Passagen in diesem Buch für einige Personen verstörend sein könnten.

Ein gutes Leben

Daniel G. Spieker

1

»Glaubst du wirklich, dass man sich hinsetzt und plötzlich *die* Eingebung hat? Und dann wird alles gut?«
Er sah mich an und ich wusste nicht, was ich sagen sollte.
»Wie hast du's dann gemacht?«

Fabian hatte einen Senkrechtstart hingelegt. In einem Jahr war er zum leitenden Angestellten einer Textilfirma aufgestiegen. Das hatte wirklich niemand erwartet. Er war eigentlich immer der Typ gewesen, der sich zurücklehnt und alles auf später verschiebt. Und jetzt saßen wir hier und es schien als würden wir aus zwei unterschiedlichen Welten kommen.
Er, der Aufsteiger, und ich, der ewige Loser?

»EGL ist das Stichwort.«
»EGL?«, fragte ich.
»*Ein gutes Leben*. Das ist eine Firma. Keine Ahnung, was die machen, aber ohne die wäre ich nie da, wo ich jetzt bin.«
»Und was ist das genau für eine Firma?«
Er zuckte mit den Schultern.
»Echt keine Ahnung. So Persönlichkeitsentwicklung würde ich sagen? Na ja, also vor vier Monaten wollte ich nach Hause und da hatte noch ein Laden offen.«
»Was für ein Laden?«
»Nichts Besonderes. Also, es ist zwei Uhr und ich muss pissen. Geh rein und frag, wo das Klo ist. Eine Frau zeigt mir den Weg und …«
»Ja, erzähl jetzt.«
»Na ja, dann bin ich eben zurück und schau mich im Laden um – fühl mich immer mies, wenn ich mir nicht mal die Sachen ansehe. Hatten ja nicht mal 50 Cent oder so verlangt.«

Er machte eine kurze Pause und trank einen Schluck Bier.
»Und – im ganzen Laden war nichts. Gar nichts.«
»Wie meinste das?«
»Alles leer – komplett. Keine Ahnung.«
Ich runzelte die Stirn.
»Na ja. Ich geh zu der Frau und frag sie halt, was die hier eigentlich verkaufen. Jetzt war es weniger Höflichkeit, sondern eher so eine Art Neugier.«
Ich nickte.
»Jedenfalls sagt sie dann: ›Ein gutes Leben‹ Und ich seh sie halt nur an und verstehe gar nichts. Sie erzählt dann, dass sie hilft, Leben zu gestalten. Tellerwäscher zum Millionär; sowas halt. American Dream Shit.«
»Und was wollen die dafür?«
»Im Erfolgsfall 50 Prozent der Einnahmen, aber nur wenn ich 'ne gewisse Summe übersteige.«
»50 Prozent? Das ist krass.«
»Oliver, du kennst die Summe nicht.«
Fabian grinste.
»Krass«, meinte ich nur.
Glück muss man haben, dachte ich.
»Ich glaub, du könntest das auch gebrauchen. Ist aber nur ein Angebot – ich geb dir mal die Nummer. Ruf da mal an. Mehr als *Nein* sagen können sie ja nicht.«
Ein Lächeln schlich über sein Gesicht.
Er kritzelte mit einem Füller die Nummer auf eine Serviette.
Ich zuckte mit den Schultern und steckte sie ein. Er bestellte noch eine Runde. Am Ende zahlte er; dann verließen wir den Laden und gingen jeweils in die entgegengesetzte Richtung.

Auf dem Weg nach Hause befühlte ich immer wieder die Serviette, spürte ihre angeraute Struktur. Als wäre sie selbst etwas Besonderes.

Zuhause angekommen saß ich lange vor dem flimmernden Monitor meines Computers und starrte die Nummer an. Das konnte nicht echt sein.

Irgendwann gegen 4 Uhr warf ich mich aufs Bett und stellte den Handywecker auf 9 Uhr. Uni. Mir wurde schlecht. Zumindest nicht zur Arbeit. Ich seufzte.

2

Am nächsten Morgen dröhnte mich mein Wecker aus dem Schlaf. Verwirrt griff ich mehrmals ins Leere, bis mir klar wurde, dass ich das Smartphone auf den Schreibtisch gelegt hatte. Nach einer halben Minute quälte ich mich aus dem Bett und stolperte dorthin. 9 Uhr. Uni. Ich duschte und schwang mich dann aufs Fahrrad. Wenigstens war die Uni keine fünf Minuten von meiner Wohnung entfernt. Vor dem Gebäude standen die üblichen Zigaretten und Kaffeebecher. Ich ging schon einmal hinein, setzte mich in die letzte Reihe und starrte durch den Saal, über die sich langsam füllenden Plätze.

Ich kramte in meinen Taschen nach meinem Smartphone und fand die Serviette wieder. Wie kam sie dahin? Ich hatte die Hose gewechselt, da war ich mir sicher.

Ich holte die Serviette heraus und legte sie stirnrunzelnd vor mich hin. In mir flogen die Gedanken hin und her.

Ich hasste die Uni. Ich hasste meinen Job als Aushilfskassierer. Ich hasste meine Einzimmerwohnung.

Ich hasste mein Leben.

Die Vorlesung hatte längst begonnen, als ich aufstand. Ich drängelte mich an meinen Kommilitonen vorbei aus dem Hörsaal. Ich musste es zumindest versuchen. Vor dem Unigebäude tippte ich die Nummer ein. Ich schwitzte.

Es ist nur ein Anruf, dachte ich. Ich drückte auf das grüne Symbol und hob das Telefon an mein Ohr. Nach einem Tuten ertönte eine Warteschleifenmusik, die an Kinderlieder erinnerte. Nach etwa zehn Sekunden nahm eine Frau ab.

»Ein gutes Leben. Wo wohnen Sie?«

Ich war vollkommen überfordert mit der Frage und sagte erst einmal nichts.

»Wollen Sie unsere Dienste in Anspruch nehmen?«

»Ja, das möchte ich«, sagte ich halblaut.

»Also, wo wohnen Sie?«

»Ähm ...« Ich räusperte mich. »Quintgasse 3.«

»Ihr Name?«

»Oliver.«

Die Frau sagte nichts, und dann wurde mir klar, dass sie sicher den ganzen Namen meinte.

»Oliver Urnheim.«

»Ich bin in einer halben Stunde bei Ihnen.«

Die Frau legte auf.

Ich kam mir gleichzeitig dumm und überfordert vor, aber das half mir jetzt auch nicht weiter. Dreißig Minuten. Ich machte mich so schnell es ging auf den Heimweg, fuhr mit dem Fahrrad an der Petrusstraße vorbei und bog in meine Straße ab. In meiner Wohnung richtete ich alles ein wenig her; räumte die herumliegenden Klamotten in den Schrank und wischte den Tisch ab. Wenigstens oberflächlich sollte alles in Ordnung sein.

Es klingelte und ich drückte nach einem tiefen Atemzug auf den elektronischen Türöffner. Dann öffnete ich meine Wohnungstür und sah das Treppenhaus hinunter. Eine Frau kam nach oben. Sie trug eine Brille mit runden Gläsern und einen Nadelstreifenanzug. Sie war jung, höchstens Anfang zwanzig. Als sie oben war, streckte sie mir die Hand entgegen.

»Schön, dass Sie sich für unseren Dienst entschieden haben«, sagte sie.

Mir fiel auf, dass sie ein Namensschild trug, auf dem in Kapitälchen K. Irroma stand.

»Kann ich reinkommen?«, fragte sie und ich nickte. Wir gingen hinein und setzten uns an meinen winzigen Esstisch.

»Kann ich etwas zu trinken haben?«

»Natürlich, natürlich. Entschuldigung. Was möchten Sie?«

»Haben Sie Karottensaft?«

»Äh – nein. Wasser. Und … Bier eben.« Ich stockte und merkte, dass ich wieder schwitzte.

»Dann Wasser.«

Ich brachte ihr ein Glas Wasser und setzte mich wieder an den Tisch.

»Also, Sie haben angerufen, weil Ihr Leben eine Ruine ist.«

»So weit würde ich jetzt nicht gehen …«

Ich hielt inne, denn sie bückte sich unter den Tisch und fischte ein Paar Boxershorts hervor. Ich sah sie beschämt an.

Sie ließ sie wieder auf den Boden fallen.

»Also.« Sie holte einen Vertrag hervor und schob ihn mir zu. »50 Prozent Ihrer Einnahmen ab einem Jahresgehalt von 400000 Euro. Wir sorgen dafür, dass Sie einen richtigen Job bekommen.«

»400000? Sie kümmern sich also um meine Karriere?«

»Nicht nur. Ihr Leben wird sich in allen Bereichen verbessern.«

Ich wollte fragen, wie sie das genau meinte, allerdings musste ich dann wieder an die Boxershorts denken. In meiner Fantasie dichtete ich noch einen Kackstreifen hinzu.

Wir gingen zusammen den Vertrag durch und ich unterschrieb. Sie lächelte.

»Was jetzt?«

»Ihr Leben fängt an.«

Sie stand auf, ich ebenfalls. Sie schüttelte mir die Hand und dann ging sie. Ich setzte mich wieder auf den Stuhl und fühlte mich seltsam. Verwirrt und irgendwie motiviert, aber ich wusste nicht wohin damit. Ich räumte auf. Putzte alles gründlich. Es schien ein passender Zeitpunkt zu sein. Als ich gerade die Boxershorts in die Wäsche warf, vibrierte mein Smartphone.

Eine neue E-Mail.

Betreff: *Schritt für Schritt zu einem besseren Leben*.

Absender: *Ein gutes Leben*.

Sehr geehrter Herr Urnheim,

wir werden Ihnen morgen die ersten Action Steps zusenden, die Sie brauchen, um sich endlich ein gutes Leben aufzubauen. Die Schritte sind einfach und werden Sie nach und nach zum Erfolg führen.

Auf Ihr kostbares Leben!

Ich machte die Wohnung weiter sauber und legte mich dann ins Bett. Zufrieden. Ich fühlte, dass nun endlich alles besser werden würde.

Doch bevor ich einschlief, schreckte ich noch einmal hoch. Woher hatte die Firma meine E-Mail-Adresse? Hatte ich sie ihr gegeben?

Vielleicht haben sie mich auch in irgendeinem sozialen Netzwerk gefunden, dachte ich.

Ich drehte mich zur Seite und schlief ein.

Als ich aufwachte, stand ich zum ersten Mal seit Jahren direkt auf. Ich wälzte mich nicht im Bett hin und her, sondern zog mich ohne Umschweife an. Erst als ich meine Unterhose, mein Hemd, meine Hose, meine Socken anhatte, fühlte ich mich wohl genug, um auf das Display meines Smartphones zu schauen. Keine neue Mail.

Bestimmt später, dachte ich und machte mir zuerst einen Kaffee. Immer wieder aktualisierte ich die Seite, aber es regte sich nichts. Alle zehn Minuten kontrollierte ich auch den Spamordner. War ich verarscht worden? Ich dachte an Schneeballsysteme, aber so funktionierte das doch nicht. Ich entschied mich, zur Uni zu fahren. Vorher ging ich noch an den Geldautomaten und sah meinen Kontostand an – aus irgendeinem Grund hatte ich Sorge, dass sich dort etwas verändert haben könnte. Aber es war alles wie immer.

Die Vorlesung zur Geschichte der Jagd in Portingen zog sich. Erst machte ich ein paar Notizen, aber dann schaute ich nur noch aus dem Fenster. Plötzlich vibrierte es in meiner Tasche. *Endlich.*

Erleichtert stand ich auf und zwängte mich aus dem Hörsaal. Vor der Tür las ich die E-Mail.

Sehr geehrter Herr Urnheim,

bitte überprüfen Sie die Daten und schicken Sie dann die Bewerbungen an folgende Adressen.

Es folgten zehn Anschriften. Und dann noch ein standardisiertes Anschreiben und eine kurze Abschiedsformel.

Was für Texte waren das? Ich öffnete den Dateianhang und mir sprang ein vierseitiges Dokument entgegen. Eine Bewerbung und ein Lebenslauf. Für jede Firma einzeln. Es war ein weitaus aggressiverer Bewerbungsstil, als ich ihn kannte.

Sätze wie *Ich habe hier ein Angebot von Firma XYZ vorliegen* waren die Regel. Es brach ziemlich mit meinem Bild von

Bewerbungen, aber sobald ich zuhause war, führte ich die Schritte aus. Ich hatte nichts zu verlieren.

Gegen 16 Uhr waren alle Bewerbungen abgeschickt und ich wusste nichts mit mir anzufangen. Ich überlegte, ob ich meinen Erfolg noch beschleunigen konnte, und rief bei der Nummer an, unter der der Erstkontakt mit der Firma stattgefunden hatte. Doch nachdem jemand abgenommen hatte, hörte ich nicht die Stimme der Frau, sondern eine Männerstimme.

»Hallo?«

»Hallo, ähm, ich wollte fragen, ob ich bitte mit Frau Irroma sprechen könnte.«

»Bitte wer?«

»Ihre Mitarbeiterin. Frau Irroma.«

»Ich kenne keine Irroma. Ich glaube, Sie haben sich verwählt.«

»Sind Sie von EGL?«

»Wie bitte?«

»Ein gutes Leben?«

Er legte auf.

Es war doch dieselbe Nummer? Sie konnte sich doch nicht auf magische Weise geändert haben. Ich grübelte eine Weile, aber entschied mich dann, ein paar Einkäufe in dem Supermarkt zu erledigen, in dem ich auch arbeitete. Als ich gerade die Avocados betatschte, vibrierte mein Handy.

Sehr geehrter Herr Urnheim,

für Kontaktaufnahme nutzen Sie bitte diese E-Mail-Adresse. Das Handy wurde gestohlen und wir haben es gerade wiederbekommen. So etwas kommt leider häufiger vor. Wie beschrieben, nutzen Sie bitte diese E-Mail-Adresse. Und kündigen Sie schnellstmöglich Ihren ›Job‹.

Auf Ihr kostbares Leben!

Ich war etwas irritiert, aber versuchte, es zu ignorieren. Nach dem Einkauf fuhr ich wieder nach Hause und schrieb die

Kündigung. Aber ich schickte sie nicht ab. Irgendwie zweifelte ich.

Am nächsten Tag hatte sich nichts geändert und ich schrieb an EGL, aber mir wurde lediglich mitgeteilt, dass ich mich zurücklehnen könnte. Ich sollte mich wieder melden, wenn es Antworten auf die Bewerbungen gab.

Als ich überlegte, wieder mal Computer zu spielen, fühlte ich mich schlecht. Das entsprach nicht der Person, die ich sein wollte. Trotz der ganzen Seltsamkeiten hatte die Firma schon jetzt etwas an mir verändert. Ich *wollte* nicht nur weiterkommen, ich *musste*.

Statt mich an den Computer zu setzen, las ich endlich den Roman *Blaue Tulpen* fertig, der schon seit Monaten angefangen auf meinem Nachttisch herumlag.

4

Am Ende der Woche bekam ich die erste E-Mail zurück. Die Firma nannte sich Zuckerlitt; war anscheinend Finanzdienstleister. Ich musste meine Bewerbung erst noch einmal lesen, damit ich überhaupt verstand, wofür ich mich beworben hatte. Irgendeine lange Kette englischer Begriffe; *Finance, Consult*. Ich wusste zwar nicht, was das bedeutete, aber fühlte mich unterqualifiziert. Ich switchte zur E-Mail zurück und wider Erwarten wurde ich zu einem Vorstellungsgespräch eingeladen. Schon am nächsten Morgen sollte ich in die Altstadt kommen.

Ich leitete die Nachricht an EGL weiter und sie schickten keine Minute später ein Antwortschreiben.

Sehr geehrter Herr Urnheim,

erst einmal herzlichen Glückwunsch zu Ihrem Bewerbungsgespräch. Sie werden allerdings einen Anzug brauchen, denn wie überall ist das Oberflächliche das Wichtigste.

Gehen Sie noch heute zur Marktgasse 20, in den Laden von Herrn Tim Krano. Fragen Sie nach einem besonderen Bewerbungsanzug. Der Wortlaut ist wichtig. Er wird wissen, was Sie meinen.

Und kündigen Sie endlich Ihre alte Anstellung – wir kümmern uns um den Rest.

Auf Ihr kostbares Leben!

Woher wussten sie, dass ich noch nicht gekündigt hatte? Ich fühlte mich beobachtet, aber sie hatten recht. Es war ja nicht nur ein rein formeller Akt, sondern auch symbolisch. Ich musste mein altes Leben abschütteln. Nachdem ich die Kündigung noch einmal kontrolliert hatte, schickte ich sie ab und sah auf die Uhr.

Es war schon nach 8 Uhr und ich glaubte nicht, dass der Laden noch offen sein würde, aber wenn EGL mich um diese Zeit noch herschickte, dann würden sie schon Bescheid wissen. Ich zog meine Jacke an und fuhr mit dem Bus in die Innenstadt. Es war das Gefühl, das EGL mir vermittelte, was mich zu dem Laden trieb, obwohl ich darin keinen Sinn sah. Auch wenn ich bisher nichts Handfestes hatte, war da das Gefühl, dass sich tatsächlich etwas in meinem Leben ändern konnte. Dass *ich* etwas ändern konnte.

Ich stieg aus und las angestrengt die Straßenschilder, die mich weiterlotsten. Die besagte Straße war umsäumt von Altbauten, die dringend saniert werden mussten, und Nummer 20 war ein winziges Geschäft, welches scheinbar links und rechts von zwei Häusern zusammengedrückt wurde.

Ein Blick auf mein Smartphone verriet mir, dass es mittlerweile schon nach halb neun war. Der Laden machte den Eindruck, als hätte er bereits geschlossen. Ich drückte die Klinke herunter, aber die Tür bewegte sich nicht. Dann schaute ich auf die Öffnungszeiten – morgen war Ruhetag und der Laden hatte heute schon ab 16 Uhr geschlossen gehabt. Die Firma hatte mich aus gutem Grund hierher geschickt, da war ich mir sicher. Bisher hatten Sie mich nicht enttäuscht. Aber trotzdem keimte in mir ein Zweifel auf.

Erst zögerte ich, doch dann drückte ich einmal auf die Klingel. Nichts. Es war mir unangenehm, aber ich hatte das Gefühl, dass ich es versuchen musste. Ich klingelte noch einmal, diesmal länger, hielt den Knopf knapp drei Sekunden lang gedrückt. Irgendwann öffnete ein älterer Mann die Tür, der sichtlich irritiert wirkte.

»Was zum Teufel wollen Sie? Der Laden ist geschlossen.«
Er tippte auf die Plakette mit den Öffnungszeiten.
»Zu«, sagte er noch einmal bekräftigend.
»Ich brauche einen Anzug.«
»Kommen Sie in zwei Tagen wieder.«
»Einen besonderen Bewerbungsanzug.«
Er wurde bleich und starrte mich knapp zehn Sekunden an.
»Wie bitte?«, fragte er stockend.
»Einen besonderen Bewerbungsanzug«, wiederholte ich.
»Einen besonderen Bewerbungsanzug – natürlich, natürlich. Kommen Sie bitte herein.«
Ich folgte ihm in den Laden.

»Entschuldigen Sie mein Verhalten. Möchten Sie einen Kaffee; irgendetwas anderes? Kuchen vielleicht?«

Ich lehnte alles ab. Ich war etwas verwirrt über den plötzlichen Stimmungswechsel, aber vielleicht schuldete er der Firma Geld und sie hatten sich auf einen speziellen Service geeinigt? Es konnte mir eigentlich egal sein.

Er nahm meine Maße und kam kurz darauf mit einem schwarzen Sakko, einem Hemd, einer Krawatte, einem Gürtel, einer Krawattennadel, einer passenden Hose, Socken und einem Paar Budapestern zurück.

»Was denken Sie?«

Er zeigte mir alle Sachen noch einmal einzeln. Ich nickte.

»Das ist super.«

Super. Hatte ich wirklich *super* gesagt?

»Wollen Sie alles hier anprobieren?«

»Ist das notwendig?«

Er schüttelte den Kopf.

»Dann lieber nicht.«

Er packte die Kleidungsstücke ein.

»Sie werden damit großartig aussehen. Wenn Sie zufrieden sind, richten Sie das bitte aus.«

»Was macht das?«

Er sah mich verwirrt an.

»Das zahlt die Firma.«

Irritiert, aber froh nahm ich die Sachen an mich und verließ den Laden, während sich in mir ein seltsames Machtgefühl breitmachte. Aus irgendeinem Grund gehörte ich zu einer Institution, die anscheinend wichtig war und Eindruck schindete. Wie eine Unterschrift alles ändern konnte.

Zuhause zog ich die Sachen an und sah dann auf mein Smartphone. Keine neue Nachricht. Dem Weg weiter folgen, sonst blieb ja nichts. Aber natürlich zweifelte ich. Ich rief mir Fabian ins Gedächtnis. Er würde mir keine Scheiße empfehlen, und bei ihm hatte es ja geklappt. Ich lächelte, sah mich noch einmal im Spiegel an, zog mich aus und legte mich ins Bett.

Es ging voran.

Am nächsten Tag bereitete ich mich eingehend auf das Bewerbungsgespräch vor. Ich war nervös, aber hoffte, dass ich es schaffen würde. Irgendwie wollte ich auch niemanden enttäuschen.

Mit dem Bus fuhr ich zur Firma und war knapp 30 Minuten zu früh da. Im Eingangsbereich wurde ich von einem Mitarbeiter begrüßt, der mir den Weg zu den oberen Etagen zeigte. Ich wartete schließlich neben zwei anderen Bewerbern darauf, dass ich aufgerufen wurde. Einer der Bewerber, ein untersetzter Mann Mitte dreißig, wurde zuerst aufgerufen. Ich sah noch einmal auf mein Smartphone. Eine neue E-Mail.

Mögliche Fragen und korrekte Antworten.

Typische Bewerbungsfragen wie *Was sind Ihre Schwächen?* waren klar beantwortet, zum Teil mit einigen sehr offensiven Taktiken. Ich konnte mir nicht vorstellen, dass das funktionieren würde, aber langsam wurde mein Bewusstsein nicht nur von beständigen Zweifeln, sondern auch von einem Grundgefühl durchzogen, dass ich eigentlich in guten Händen war. Die Firma war ja auch an meinem Erfolg interessiert. Sie verdienten ja nur, wenn ich *wirklich* gut verdiente.

Die Tür öffnete sich, der Bewerber trat heraus und ich wurde aufgerufen. Eine zierliche Frau saß mir gegenüber, die sich als Frau Edama vorstellte. Viele der Fragen, die auch in der E-Mail beantwortet worden waren, wurden gestellt.

Nach knapp zwanzig Minuten wurde das Gespräch mit *Wir melden uns bei Ihnen* beendet und ich verließ den Raum mit einem mulmigen Gefühl. Das konnte nie und nimmer klappen.

Ich nahm den Bus und starrte pausenlos auf das Display. Was sollte ich jetzt tun? Ich fühlte mich verloren, wenn ich keine Anweisung hatte.

Zuhause angekommen hatte ich immer noch keine Nachricht erhalten, weshalb ich mich umzog und einkaufen ging. Als ich gerade die Tür geöffnet hatte, vibrierte mein Handy. Ein Anruf. Ich kannte die Nummer nicht. Einen halben Gedanken lang zögerte ich, doch dann nahm ich ab.

»Hallo, wer ist da?«, fragte ich.

»Guten Tag, hier ist Frau Edama. Wir haben uns nach reiflicher Überlegung dazu entschieden, Sie einzustellen. Können Sie morgen gegen 10 Uhr vorbeikommen?«
»Ja ... na–natürlich«, stotterte ich in die Leitung.
»Dann bis morgen und Ihnen noch einen schönen Tag.«
»Ihnen auch«, brachte ich hervor.
Es hatte tatsächlich funktioniert.
Ich schrieb der Firma eine Mail, um ihnen Bescheid zu geben, auch wenn ich das dumpfe Gefühl hatte, dass sie längst Bescheid wussten. Kurz darauf kam ein knappes *Herzlichen Glückwunsch* zurück.
Ich entschied mich, diesen Erfolg (denn auch wenn ich den Job noch nicht hatte, war es schon ein Erfolg) zumindest im kleinen Rahmen zu feiern. Mit dem nächsten Bus fuhr ich zu meiner Lieblingspizzeria. Aber irgendwie deprimierte es mich schon kurz darauf. Nachdem ich die Pizza probiert hatte, schob ich sie schon wieder von mir weg. Alles schmeckte so sehr nach meinem alten Leben, nach alten Gedanken und Gewohnheiten. Das war einmal gewesen. Es schmeckte nach Asche. Ich legte einen Fünfzigeuroschein auf den Tisch und verließ den Laden. Das war nicht genug.
Am nächsten Tag war ich immer noch nervös, allerdings nicht mehr auf eine negative Weise. Es war ein irritiertes Gespanntsein auf die noch diffuse Zukunft. Alles war möglich und diesmal ging es klar nach oben.
Ich erschien pünktlich um kurz vor 10 und wurde hereingebeten. Diesmal wirkte die Frau hinter dem Schreibtisch um einiges freundlicher.
Wir machten einen Rundgang durch die Büros, wobei sie mir den Job in Grundzügen erklärte. Es schien wirklich nicht besonders schwer zu sein. Schließlich sprachen wir über Vertragsdetails und ich unterschrieb direkt. Ab dem Ersten nächsten Monats würde ich anfangen. Zuhause sorgte ich für meine Exmatrikulation. Was hatte ich mir bei Deutsch und Geschichte auf Lehramt gedacht?
Es ging bergauf. Irgendwie verspürte ich den Drang, der Firma zu schreiben und mich zu bedanken, aber ich fühlte mich seltsam

dabei. Es waren doch einfach nur Dienstleister. Keine Freunde. Stattdessen schrieb ich Fabian. Nur ein knappes *Danke*, aber ich war mir sicher, dass er Bescheid wissen würde.

6

Ich ging an dem Abend noch in die Stadt, feierte ausgiebig. Es war gut, wieder unter Leute zu kommen. Endlich hatte ich das Gefühl, dass alles möglich war. Ich hatte mich innerhalb weniger Tage mehr zum Guten verändert, als in den letzten Jahren.

Irgendwann landete ich mit einem Studenten bei mir im Bett. Benedikt. Ich wusste, dass ich ihn früher nie angesprochen und eher darauf gehofft hätte, dass meine nervösen Blicke ihn irgendwann zu mir gebracht hätten, aber diesmal war alles anders. Zum ersten Mal seit Jahren hatte ich wieder Sex und es war nicht nur etwas für eine Nacht, sondern wir trafen uns bald öfter.

Die Zeit bis ich mit der Arbeit wirklich anfangen würde, nutzte ich, um vieles, was in den letzten Jahren auf der Strecke geblieben war, nachzuholen. Ich rief bei Verwandten an, meldete mich bei einem Fitnessstudio an und holte mir ein paar Bücher, um mein mickriges Allgemeinwissen zu erweitern.

Und zwischendurch traf ich Benedikt.

Wir gingen ins Theater, ins Kino und zum ersten Mal in meinem ganzen Leben hatte ich Freude an diesen Sachen. Alles ging nach vorne, alles war auf Erfolg ausgerichtet.

Zu dieser Zeit kamen kaum Nachrichten von EGL und auf Nachfrage wurde mir immer wieder mitgeteilt, dass ich bis zum Antritt meiner Arbeitsstelle warten sollte. Das erschien mir nachvollziehbar.

An meinem ersten Arbeitstag zog ich wieder den Anzug an, der mir bereitgestellt worden war.

»Du siehst fantastisch aus«, sagte Benedikt und lächelte. Ich strich über den Anzug und hatte das Gefühl, als würde sich die Haptik des Stoffes auf meinen Erfolg übertragen.

Ich ging mit ihm noch bis zur Uni und fuhr dann zur Firma. Es war soweit.

Als ich ankam und mich anmeldete, wurde ich vom Abteilungsleiter persönlich abgefangen und zu meinem Arbeitsplatz gebracht. Ich wurde noch einmal eingewiesen und arbeitete die ersten Aufträge ab. Die Arbeit war einfach und machte mir tatsächlich sogar Spaß. Und über den Stundenlohn konnte ich mich auch nicht beklagen. Meine Aufgabe bestand darin, Verträge nach gewissen Kriterien zu untersuchen. Es gab sieben Punkte, nach denen ich suchte, und wenn ein Blatt irgendeinen dieser Punkte aufwies, kam es auf den linken Stapel und wenn nicht auf den rechten.

Er hatte angedeutet, dass das die Arbeit war, die jeder am Anfang bekam, um die Leute richtig einzuarbeiten, und dass ich bald andere Aufgaben bekommen würde.

Pünktlich um 17 Uhr verließ ich meinen Arbeitsplatz und gab den Stapel Papiere an der vorgesehenen Stelle ab.

Auf dem Weg nach Hause überprüfte ich mein Smartphone, sogar den Spamordner, ob irgendwo eine Mail von EGL eingegangen war. Ich hatte fest damit gerechnet, spätestens jetzt wieder eine zu bekommen, und ich merkte, dass ich unruhig wurde.

Als ich zuhause ankam und gerade Benedikt anrufen wollte, kam dann doch eine Nachricht rein.

Sehr geehrter Herr Urnheim,

herzlichen Glückwunsch zu dem ersten bestandenen Arbeitstag. Arbeiten Sie sich ein! Auch wenn Sie im Moment vielleicht keinen großen Schritt am Horizont sehen – er wird kommen. So oder so, Ihr Gehalt lässt sich sehen. Warten Sie noch ein wenig und wir werden uns bei Ihnen melden.

Auf Ihr kostbares Leben!

Ich rief Benedikt an und wir verbrachten zusammen den Abend. Wir hatten zwar nicht mehr so viel gemeinsame Zeit, aber ich war froh, das Gefühl zu haben, auf allen Ebenen voranzukommen. Es war ein profundes Gefühl, endlich etwas richtig zu machen.

Irgendwann am nächsten Morgen fragte ich ihn, ob er mit mir zusammenziehen wolle. Er hob seinen Kopf von meiner Brust; dabei spürte ich ein leichtes Schaben seines Dreitagebarts.

»Du hast doch nur ein Zimmer – und bei mir sieht's nicht anders aus.«

»Wir könnten uns eine neue Wohnung besorgen.«

»Ich weiß nicht … keine Ahnung, ich komm gerade so mit dem BAföG und meinem Nebenjob hin.«

Ich nickte verständnisvoll und dachte nach. Das würde sich auch noch regeln.

»Okay, das wird schon«, meinte ich und gab ihm einen Kuss auf die Stirn.

8

Zum ersten Mal fühlte ich mich wertgeschätzt und schätzte mich auch selbst wert. Es fühlte sich an, als würden unbekannte Wunden aus alten Tagen nacheinander verheilen. Ich fühlte mich wohl, ging zur Arbeit, traf mich mit Benedikt. Eine Perspektive und der Weg nach oben. Trotzdem sah ich jeden Tag auf mein Smartphone und kontrollierte ständig mein Postfach. Alles musste noch schneller gehen. Ich fühlte mich wohl, aber gleichzeitig irgendwie festgenagelt. Ich brauchte Fortschritte. Es war wie eine Art Sucht und mir fehlte der Stoff. Ich stellte sogar einen speziellen Ton ein, damit ich direkt abrufbereit war, sobald eine Mail kommen würde.

Da keine Nachricht reinkam, suchte ich mir andere Möglichkeiten; ging häufiger ins Fitnessstudio, las noch mehr und nahm schließlich einen Kredit auf und kaufte eine kleine Wohnung in der Stadt.

Ich holte Benedikt an dem Tag, an dem ich den Kaufvertrag unterschrieb, abends mit dem Taxi ab.

»Wo willst du mit mir hin?«, fragte er halb lachend, aber ich zog ihn einfach ins Taxi und küsste ihn.

»Nein, im Ernst, wo geht's hin?«, fragte er noch einmal einige Minuten später.

»Jetzt sei mal nicht so ungeduldig, ich hab eine Überraschung für dich.«

Wir hielten knapp 10 Minuten später bei dem Hochhaus, in dem sich die Wohnung befand.

»Du stellst mich jetzt nicht deinen Eltern vor, oder?«

Ein Moment der Angst vibrierte zwischen den Wörtern. Ich lachte, und als er erleichtert wirkte, lachte ich noch lauter.

»Ich hab eine Wohnung für uns gekauft.«

Er riss die Augen auf.

»Bitte, was?!«

Ich nickte.

»Wenn Sie noch länger hier drin bleiben möchten, muss ich das als Wartezeit verbuchen«, meinte der Taxifahrer.

»Jaja, Moment.«

Ich gab ihm einen Schein und verließ mit Benedikt den Wagen.

Wir stiegen die Stufen nach oben und ich bemerkte, dass Benedikt zitterte, als ich die Tür öffnete. Ich ging mit ihm langsam durch die beiden Zimmer und zeigte ihm das Bad.

»Eine Dusche *und* eine Badewanne?«

Ich grinste. Dann ertönte das Geräusch, das mir anzeigte, dass ich eine neue Mail von EGL erhalten hatte.

»Einen Moment«, sagte ich.

»Was ist los?«

»Hab 'ne Mail bekommen. Schau dich ruhig weiter um.«

Ich ließ ihn kurz stehen. Er wusste nicht, dass ich etwas mit der Firma zu tun hatte und war dementsprechend verwirrt. Vielleicht wäre es besser, wenn ich es ihm bald erklären würde. Vor der Tür scrollte ich durch die Nachricht.

Sehr geehrter Herr Urnheim,

wie ich mitbekommen habe, sind Sie mittlerweile in einer guten und festen Beziehung, haben eine eigene Wohnung und verdienen mehr als genug Geld. Es ist wahrscheinlich mehr, als Sie sich für die nächsten fünf Jahre hätten ausmalen können. Und das, wenn ich das mal so sagen darf, in wirklich kurzer Zeit. Aber EGL steht nicht für ein gutes Leben, wir stehen für ein Traumleben. Der nächste Schritt wird sein, dass Sie möglichst schnell in der Firma aufsteigen. Momentan verdienen Sie gut, haben aber wenig Aufstiegschancen. Wenn Sie allerdings diese erste Hürde überwunden haben, geht es immer schneller und schneller.

Bitten Sie den Leiter der Abteilung um ein Gespräch. Wenn er fragt, weswegen, dann sagen Sie, dass Sie ein Angebot vorliegen haben. Machen Sie dies am besten morgen nach dem Mittagessen, kurz vor Ende der Pause. Sie haben bald ein Leben, von dem Sie nie zu träumen gewagt hätten.

Auf Ihr kostbares Leben!

»Ist alles in Ordnung?«, fragte Benedikt.

Ich hatte gar nicht bemerkt, dass er zu mir gekommen war.

»Jap, alles wunderbar.« Ich sah vom Smartphone auf und lächelte.

»Du wirktest so vertieft.«

Ich nickte, aber eher um das Gespräch zu beenden. Er runzelte die Stirn und ich fragte mich, wie ich ihm das erklären sollte; nicht jetzt, das war klar, aber überhaupt. Mir fiel nichts ein. Was sollte ich auch sagen? Eine Firma kümmert sich um mein Leben?

Ich lächelte schief und er sagte nichts, aber ich spürte, dass es in ihm arbeitete.

Wir fuhren mit dem Bus zurück und verabschiedeten uns, als er aussteigen musste. Morgen nach der Arbeit würden wir Möbel kaufen gehen.

Irgendwie war der Abschied kalt. Ich hoffte, dass sich das bald wieder legen würde.

9

Ich war nervös, als ich den Abteilungsleiter im Gang abfing. Wie zu erwarten fragte er, warum ich einen Termin brauchte.

»Herr Schlesing, ich habe ein Angebot von einer anderen Firma vorliegen.«

Sein Gesichtsausdruck wechselte von verwirrt zu irritiert, zu höhnisch.

»Ach, dann gehen Sie mal dahin.«

Er lachte und ging.

Ich war am Boden zerstört.

Nicht die Häme, die mir dieser Wichser entgegengebracht hatte – ich hatte zum ersten Mal das Gefühl, dass ich der Firma nicht wirklich vertrauen konnte. Irgendetwas war falsch gelaufen; lag es an mir oder hatten die Methoden dieses Mal einfach nicht funktioniert?

Ich versuchte zu arbeiten, aber ich konnte nicht. Es war, als würde meine neugewonnene Welt in sich zusammenfallen. Kein Schritt mehr möglich. Ich schrieb eine Mail an EGL und schilderte meine Situation und hoffte, dass sie irgendeine Erklärung hatten. Es musste ja irgendwie Sinn machen.

Ich machte weiter und arbeitete meinen Stapel mehr schlecht als recht ab. Als dann mein Smartphone vibrierte, spürte ich wie mein Herz einen Satz machte.

Sehr geehrter Herr Urnheim,

Es wird sich bald alles zum Guten wenden. Nicht alles klappt immer auf Anhieb.

Auf Ihr kostbares Leben!

Irgendwie befriedigte mich das nicht. Aber zumindest hatten sich die Zweifel etwas reduziert.. *Wie wollen die das richten?*, fragte ich mich.

Den ganzen Abend über war ich zurückhaltend, weil ich Benedikt zwar erzählen wollte, was mich beschäftigte, allerdings nicht *alles* erklären wollte, da mir noch die richtigen Worte fehlten.

Auch am nächsten Tag grübelte ich. Machte EGL einfach große Versprechungen? Letzten Endes hatten sie ja nichts zu verlieren, wenn es mit mir nicht klappte. Ich ging meinem Vorgesetzten so gut es ging aus dem Weg, einfach nur um eine weitere Reaktion zu vermeiden.

Ich blieb in der Mittagspause sogar an meinem Platz, weil mir die Wahrscheinlichkeit, dass ich ihn dort treffen würde, am geringsten schien. Kurz nachdem die Pause vorbei war, sah ich, dass er zu mir kam, und ich spürte, wie sich mein Herzschlag beschleunigte.

»Herr Urnheim. Es tut mir leid, wie ich mich verhalten habe.«
Ich erstarrte. Damit hatte ich nicht gerechnet.
»Wir können nicht auf Sie verzichten. Wenn Sie wollen, steigen Sie unverzüglich zu meinem persönlichen Assistenten auf.«
Ich sagte nichts, schaute ihn nur an. Es überforderte mich maßlos, aber ich hatte das Gefühl, dass ihn mein Nicht-Reagieren nervös machte.
»Das Gehalt ist natürlich auch um einiges …«
»Natürlich, Herr Schlesing. Ich würde gerne als Ihr Assistent arbeiten.« Es irritierte mich, mit wie viel Selbstbewusstsein ich das sagen konnte. Und dann fügte ich noch schnell hinzu: »Danke, ich weiß das sehr zu schätzen.«
»Lassen Sie den Stapel einfach hier und kommen Sie mal mit.«
Er zeigte mir meinen neuen Arbeitsplatz direkt vor seinem Büro. Ich war jetzt so etwas wie ein Sekretär, allerdings besser bezahlt als die meisten. Ich unterschrieb direkt die neuen Vertragsvereinbarungen und würde morgen schon anfangen. Es war, als würde die ganze Zeit eine schützende Hand über mir schweben, die ein Verlieren unmöglich machte.

Zuhause erzählte ich Benedikt von meinem Aufstieg und er war gleichzeitig glücklich und verwirrt.
»So schnell geht das? Das ist echt extrem«, sagte er. »Erst die Wohnung und jetzt geht's schon wieder nach oben.«

»Es läuft, es rennt, es fliegt«, sagte ich, grinste und küsste ihn.
»Was ist dein Geheimnis?«
Ich lächelte nur und küsste ihn noch einmal.
»Komm, lass uns eine Flasche Wein aufmachen.«
Ich nahm seine Hand und drückte sie sanft. Er zögerte kurz, aber kam dann mit.

10

Die nächsten Wochen liefen fantastisch. Benedikt und ich zogen endgültig zusammen und richteten nach und nach unsere Wohnung und unser Leben ein. Er arbeitete hart für sein Studium und ich saß meine Zeit als Assistent ab. Neben der Arbeit versuchte ich mich weiterzuentwickeln, setzte mir zum ersten Mal konkrete Ziele für mich und meine persönliche Entwicklung.

Keine zwei Monate nachdem ich die Assistenzstelle angenommen hatte, gab Herr Schlesing seine Arbeit auf. Von einem Tag auf den anderen war er weg, ohne dass ich vorgewarnt worden wäre. Ich bekam es durch einen Kollegen mit. Es war der seltsamste Arbeitstag, den ich je erlebt hatte und je erleben würde, da ich einfach nichts zu tun hatte. Natürlich erledigte ich ein paar Aufgaben, die noch übriggeblieben waren, aber sonst saß ich einfach da und starrte auf meinen Monitor. Ich schrieb EGL und sie sagten mir, dass ich einfach warten sollte. Also wartete ich und ging ab und zu zum Kaffeeautomaten. Irgendwann kam ein älterer Mann im Anzug zu mir und sah über meinen Bildschirm zu mir herunter.

»Herr Urnheim?«

»Ja?«

»Ich bin der stellvertretende Geschäftsführer von Zuckerlitt.«

»Oh ... ähm ... was kann ich für Sie tun?«

11

Ich sollte die Stelle von Herrn Schlesing übernehmen.
Alles war wie in einem Film. Was passierte hier?
Zunächst probeweise, aber ich war mir sicher, dass es so bleiben würde.
EGL hatte mich in wenigen Monaten vom Loser zum Leiter einer kleinen Abteilung gemacht. Wie? Ich schrieb eine ellenlange Dankesmail an die Firma und rief danach Fabian an, um ihn einzuladen. Er war der Grund, warum ich dort war, wo ich war. Und das war mir klar.

Wir würden uns in der Bar treffen, in der wir damals das grundsteinlegende Gespräch gehabt hatten, und als er reinkam, umarmte ich ihn zuerst einmal.
»Du siehst fantastisch aus«, sagte Fabian.
»Danke, einfach danke!«
»Kein Problem. Hol mir ein Bier und wir sind quitt.«
Er lächelte bescheiden.

Während wir tranken, erzählte er mir, dass er gerade eine weitere kleine Firma übernommen hatte und sich eine Villa am Rand der Stadt bauen ließ.
»Glaub mir Oliver, das ist erst der Anfang. Da kommt noch so viel mehr.«
»Danke Mann, keine Ahnung. Ich hab jetzt eine Wohnung, einen Freund, einen guten Job ... ich weiß nicht, wie ich dir danken soll.«
»Dank EGL.« Er hob sein Glas. »Auf ein gutes Leben.«
»Auf ein gutes Leben«, wiederholte ich.
Einen Moment lang war es still, bevor ich wieder ansetzte.
»Wo war denn dieser Laden genau? Als du ihn damals gefunden hast?«
»Das war in Frohnheim, in einer Gasse bei der Hauptstraße; direkt neben einem Waffengeschäft. Warum fragst du?«
»Ich will hin. Ich will mich da noch einmal persönlich bedanken. Sind gute Leute.«

»Das sind sie«, meinte Fabian. »Keine Ahnung, wo ich jetzt wäre. Nein, scheiße, ich weiß leider ganz genau, wo ich jetzt wäre.«

Er lachte bitter und ich nickte zustimmend.

12

Ich nahm mir am Mittwoch frei und fuhr nach Frohnheim, um die Leute in persona zu treffen. Die Arbeit als Abteilungsleiter war einfacher als gedacht, ich musste nur ein paar Telefonate führen und ein paar Unterschriften setzen. Wenn mir etwas tatsächlich mal zu viel war, fragte ich einen Mitarbeiter. Irgendwie hatte ich erwartet, dass mir die Leute in der Abteilung feindlicher gegenüberstehen würden, allerdings hatten sie anscheinend Respekt vor mir. Ich war Mitte 20 und in kürzester Zeit bis in die Position aufgestiegen. Und ich verstand es selbst nicht.

Ich suchte die Nebenstraßen ab, bis ich endlich einen Waffenladen fand, so wie Fabian beschrieben hatte. Aber hier war nichts. Kein seltsamer Laden, in dem alles leer war. Nichts. Ein kleines chinesisches Lokal links und ein Dessousgeschäft rechts.

Auch auf dem Rest der Straße war nichts zu finden, was auf die Beschreibung passte. Vielleicht war das nicht der einzige Waffenladen, auch wenn mich eine miese Vorahnung ereilte.

Ich suchte die anderen Straßen ab, aber es gab keinen weiteren Waffenladen. Auch die zwei Passanten, die ich fragte, sagten mir, dass es das einzige Waffengeschäft in der Stadt sei. Und auch sonst gab es keinen Laden, der auf die Beschreibung passte. Es irritierte mich. Schließlich rief ich Fabian noch einmal an.

»Den Laden gibt's anscheinend nicht mehr«, sagte ich.

»Ach, krass.«

»Kannst du mal nachfragen, was damit passiert ist? Irgendwie kommt mir das alles spanisch vor.«

»Keine Ahnung. Mach dir einfach nicht so viele Gedanken, Oliver. Kannst du nicht einfach das Leben so genießen wie es ist?«

Konnte ich das nicht?

Irgendetwas hatte die Frage von Fabian in mir ausgelöst, aber ich konnte nicht wirklich sagen, was es war. Warum war mir das wichtig? Warum musste ich auch immer wieder daran denken, dass die Nummer gewechselt worden war? War das wirklich wichtig?

»Du hast recht«, meinte ich, aber man hörte den Zweifel in meiner Stimme.

»Hör mal – klar, ist das ein bisschen seltsam, aber scheiße, das ist der Jackpot. Wie war dein Leben noch vor ein paar Wochen?«

»Ja, du hast recht«, wiederholte ich, diesmal mit weniger Zweifel.

Ich hatte das Gefühl, dass ich Fabian durch die Leitung lächeln hören konnte.

»Danke auf jeden Fall. Wir hören uns«, sagte ich und legte nach seiner Verabschiedung auf.

Er hatte wirklich recht. Ich sollte mein Leben einfach genießen. Nicht über irgendwelche Kleinigkeiten grübeln. Warum wollte ich mir das selbst kaputt machen?

Ich hatte Arbeit, ich hatte Benedikt. Ich sollte das mehr zu schätzen wissen.

Einen Moment lang überlegte ich, was ich als nächstes tun konnte.

Ich holte mein Smartphone heraus und rief bei der Arbeit an, ließ mir den Rest der Woche freigeben und ging zum nächsten Autohändler.

13

Benedikt und ich setzten uns auf die samtüberzogenen Stühle. Es war eines der teuersten Restaurants in der Stadt. Ich hatte einfach reserviert und ihn dann abends damit überrascht. Mit meinem neuen Wagen waren wir hergefahren und Benedikt schien von alldem überwältigt zu sein.

»Sch... puh, das ist wirklich ein krasser Laden«, sagte Benedikt mit belegter Stimme.

Ich sah mich um und musste ihm zustimmen. Ich hatte das Restaurant bisher immer nur von außen gesehen und halb ignoriert. Natürlich, wenn man kein Geld hat, kann man so etwas vergessen. Es war modern eingerichtet und aus den Boxen tönte leise irgendeine komplexe elektronische Musik. Es war keines dieser uralten traditionsreichen Restaurants, die seit hunderten Jahren immer weitervererbt wurden, sondern ein modernes Restaurant für eine gehobene Gästeschaft.

Eine junge Frau kam und brachte uns die Speisekarte. Gespannt blätterten wir durch die Seiten.

»Wie kannst du das bezahlen?«, fragte Benedikt, als er die Salate überflog.

»Die Arbeit wird gut bezahlt.« Ich lächelte falsch bescheiden.

»Danke für die Einladung«, sagte er und nickte.

Zuerst ließen wir uns einen wundervoll angerichteten Salat bringen und danach ein Risotto mit Tofu und einer kleinen Portion verschiedener Pilze, die ich noch nie gegessen oder überhaupt gesehen hatte.

»Da ist Trüffel auf dem Reis«, sagte Benedikt etwas ungläubig.

Wir aßen und redeten ein wenig. Am Ende bestellten wir beide ein Mousse au Chocolat. Es war das Einzige, was wir beide schon einmal gegessen hatten und worunter wir uns etwas vorstellen konnten.

Keine zwei Minuten nachdem die Dame, die uns bediente, die Teller abgeräumt hatte, kam sie mit einem Tablett auf dem sie zwei Gläser Rotwein balancierte.

»Als kleine Aufmerksamkeit des Hauses«, sagte sie lächelnd und stellte die Rotweingläser vor uns ab. »Ein *Nuit Terrible* von 1994.«

Sie zeigte kurz die alte Flasche, auf dessen Etikett sogar das Abfülldatum prangte: 3. Juli 1994.

»Vielen Dank«, sagte ich und Benedikt nickte lächelnd.

Die Frau verschwand und wir nahmen beide unsere großen Weingläser in die Hand.

»Auf unsere Zukunft«, sagte ich und wir stießen an. Ich nahm nur einen kleinen Schluck und beobachtete Benedikt aufmerksam. Ich merkte, dass ich leicht schwitzte, als er das Glas wieder absetzte. Immer wieder schaute ich verstohlen zu ihm.

Kurz darauf kam das Mousse au Chocolat und wir begannen, zu essen. Jedes Mal wenn Benedikt einen Schluck aus dem Glas nahm, zitterte ich ein wenig und dann endlich war es soweit! Er verzog das Gesicht zu einem Ausdruck der Irritation. Er griff in das Glas und holte einen schlichten Platinring heraus, von dem ein paar Tropfen Rotwein auf die Tischdecke fielen.

»Willst du mich heiraten?«, fragte ich, etwas zu laut.

»Das geht doch nicht in Deutschland.«

»Wir fahren nach Portugal oder so – und bleiben dann da auch erst mal ein paar Wochen.«

Ich lächelte breit. Und wartete. Mein Lächeln erstarb, als ich sah, wie Benedikt die Stirn runzelte. Das hatte ich nicht erwartet.

»Können wir nach Hause fahren?«, fragte er. »Mir ist das gerade ziemlich unangenehm.«

»Klar, natürlich«, meinte ich mit trockener Kehle und ließ die Rechnung kommen.

Ich zahlte und wir fuhren zurück in die Wohnung. Meine Augen waren die ganze Zeit stur auf die Straße gerichtet und ich machte mir über alles Gedanken, ging alle möglichen Szenarien durch und ich spürte, dass ich wirklich Angst hatte. Als wir bei uns vorfuhren, gingen wir wortlos nach oben und setzten uns dann auf das Bett.

Ich hatte Herzrasen. Irgendwie hatte ich das Gefühl, dass jetzt alles enden würde.

»Tut mir leid, dass ich nicht direkt geantwortet hatte. Irgend-

wie war mir das … Die ganzen Leute und alles. Keine Ahnung.«
Ich nickte. Eine Stille entstand.
»Also, wie ist deine Antwort?«, flüsterte ich irgendwann.
Benedikt atmete tief ein und aus.
»Nein, im Moment nicht.«
Ich konnte es nicht fassen. Ich konnte nicht fassen, dass ich gescheitert war.
»Warum nicht?«, brachte ich irgendwie heraus.
Er seufzte.
»Weißt du, wir haben echt 'ne schöne Zeit, aber es wirkt irgendwie, als würdest du mir nicht vertrauen. Klar freu ich mich, aber jede Woche ist irgendwas, du steigst auf und auf und ich versteh das alles irgendwie nicht.« Er zögerte. »Ich weiß auch nicht, was ich genau meine, aber es fehlt mir irgendwas. Irgendein Grundvertrauen.«
Irgendein Grundvertrauen. Ich verstand nicht, was er wollte. Ich ermögliche ihm alles, ohne ihn um irgendetwas zu bitten, und das war alles, was er sagte? Irgendein Grundvertrauen?
»Ich glaube, wir brauchen vielleicht eine Pause oder so.«
Ich stand auf.
»Ich geh spazieren«, meinte ich.
Benedikt sah mich lange an.
»Okay«, sagte er knapp.

14

Ich ging raus an die kühle Nachtluft. Ich überlegte, EGL oder Fabian anzurufen, aber ich wollte nicht. Dieses Mal wollte ich damit alleine fertig werden, warum auch immer.

Ich ging zum Bahnhof und setzte mich in das erstbeste Taxi.
»Wohin geht's denn?«, fragte die Taxifahrerin.
»Ich weiß nicht.«
»Kein guter Tag?«
Ich schüttelte den Kopf und sah auf meine Hände. An meinem Handgelenk eine teure Uhr, meine Hemdsärmel von Manschettenknöpfe geziert. Ich hatte alles und würde noch viel mehr bekommen. Aber nicht heute.
»Kennen Sie irgendeinen schwulen Szeneklub oder sowas? Irgendwas Schickes?«
»Klar, ich bring Sie hin.«

Wir fuhren durch die Stadt. Es begann zu regnen und die Außenwelt verschwamm hinter den Scheiben. Nach fünfzehn Euro hielten wir vor einem Laden, den ich noch nicht kannte. Irgendein Undergroundclub anscheinend.

Ich gab der Frau einen Fünfziger und verließ dann den Wagen.

Der Türsteher ließ mich natürlich vorbei. *Vielleicht bin ich besser gekleidet als der Besitzer*, dachte ich lächelnd und ging in den Club.

Die Musik war laut und der Schweiß von hunderten Männern lag in der Luft. Mich zog es an die Bar. Ich war nur selten in Clubs. Alles war laut und irgendwie schmutzig; aber ich wollte auch nicht in irgendeiner Eckkneipe versacken.

Ich trank einige Cocktails und dann noch ein paar und noch ein paar und irgendwann landete ich mit irgendeinem Typen, der mich angesprochen hatte, auf der Toilette und fickte ihn mit ein wenig Spucke in den Arsch. Zumindest hatte er ein Kondom dabei; ich hätte es wahrscheinlich vergessen. Mir war alles ziemlich egal. Nachdem ich fertig war, verließ ich ohne ein weiteres Wort die Kabine und auch den Club.

Ich konnte alles machen, was ich wollte. Wenn Benedikt mich nicht wollte, dann wollte er mich eben nicht. Ich würde mich von ihm trennen. Ganz oder gar nicht. Erfüllt von diesem Gedanken ging ich durch die Straßen, bis ich plötzlich merkte, dass mich jemand verfolgte. Ich wusste nicht, ob es eine Vorahnung oder der Alkohol war, aber ich fühlte mich unwohl, hatte Angst.

Mein erster Freund hatte mir mal gezeigt, wie man aus einem Schlüsselbund schnell eine Waffe machen konnte. Man packt ihn einfach in seine Haupthand und schiebt die einzelnen Schlüssel zwischen den Fingern hindurch. Ein fester Schlag reißt Haut und Fleisch auf.

»Du Wichser«, tönte es plötzlich hinter mir. Scheiße. Ich blieb stehen, drehte mich um und versuchte mich auf einen Kampf vorzubereiten.

Vor mir stand ein Obdachloser, aber irgendwoher kannte ich seine Stimme.

»Du und deine scheiß Firma haben mir alles genommen.«

»Wer sind Sie?«, fragte ich und ging vorsichtig ein paar Schritte zurück, den Schlüsselbund fest umklammert.

Und dann erkannte ich die Stimme. Es war der ehemalige Abteilungsleiter. Herr Schlesing.

»Ich hab wegen dir alles verloren und du erinnerst dich nicht einmal an mich? Du verdammter Bastard.«

Er rannte auf mich zu, aber ich wich ihm aus und stellte ihm dabei ungelenk ein Bein. Schreiend fiel er der Länge nach hin und ich fasste mich erst einmal wieder. Ich hatte keine Lust, mich mit diesem Typen zu prügeln und fing an zu rennen. Als ich ein paar mal in verschiedene Seitenstraßen abgebogen war, fühlte ich mich sicherer. Einige Minuten hielt ich nach ihm Ausschau, während ich spürte, wie sich mein Puls verlangsamte, aber es schien mich niemand mehr zu verfolgen.

Schließlich machte ich mich zum Bahnhof auf und suchte mir irgendein Hotel, das die ganze Nacht geöffnet hatte. Ich würde mein Leben ändern. Morgen würde ich mit Benedikt reden und die Beziehung beenden. Es hatte keinen Sinn mehr, nicht nachdem ich fremdgegangen war.

Das Hotel war ein schmieriges, kleines Ding, aber um diese Uhrzeit konnte man nirgendwo sonst einchecken. Ein alter Mann stand hinter dem Tresen und bearbeitete gelangweilt mit mir die

Formalitäten. Dann gab er mir einen Code für die Zimmertür und sagte: »Bis 11 Uhr müssen Sie morgen raus sein. 40 Euro krieg ich dann noch von Ihnen.«

Ich nickte und murmelte: »Schönen Abend noch«, aber er hatte sich schon wieder hingesetzt und starrte auf seinen Fernseher. Ein Blick verriet, dass es sich um diese Sexwerbungen handelte, die nachts um drei auf den Sportsendern liefen. Ich schwankte auf das Zimmer und machte es mir so gut es ging auf dem Bett bequem. Die Toilette war mitten im Zimmer und die Dusche ebenfalls, aber es gab zumindest einen Fernseher – auch wenn dieser sicher zwanzig Jahre alt war.

Ich sah mir irgendeine Fußballspielwiederholung an, bevor ich schließlich Benedikts Nummer in das Smartphone tippte.

»Es ist vorbei«, sagte ich nur, als er sich nach dem zweiten Anruf mit einem verschlafenen *Hallo* meldete. Dann legte ich auf und schaltete mein Smartphone aus.

Das war's.

15

Als ich am nächsten Morgen von Klopfen und Rufen wach wurde, fühlte ich mich, als hätte ich in einer Wüste übernachtet. Mir war warm, ich schwitzte und fühlte mich gleichzeitig vollkommen ausgetrocknet.

»Sie müssen raus!«, sagte eine kräftige Stimme und ich stand halb angezogen auf. Es war der Alte von der Rezeption.

»Ich zahl noch 'ne Nacht«, sagte ich knapp, als ich die Tür öffnete.

Ich warf einen Fünfziger auf den Boden und schloss die Tür dann wieder. Endlich Ruhe. Ich setzte mich auf das Bett und holte mein Smartphone heraus und ließ die gestrige Nacht erst einmal zitternd Revue passieren.

Was hatte ich getan? Natürlich machte es mich fertig, dass Benedikt meinen Antrag abgelehnt hatte, aber das war doch kein Grund, so zu reagieren.

»Scheiße, scheiße, scheiße«, flüsterte ich, als ich das Handy anschaltete und mir knapp zwanzig entgangene Anrufe entgegensprangen. Ich hatte richtig Mist gebaut. Wie konnte ich so blöd sein?

Ich zitterte, als ich das Smartphone an mein Ohr hielt. Es tutete und in jeder Sekunde hatte ich mehr Angst, bis ich schließlich die Stimme von Benedikt hörte.

»Es tut mir leid«, sagte er.

»Ich … ähm.«.

»Ich war dumm. Es ist alles egal. Ich will dich treffen.«

»Ich komm zur Wohnung«, sagte ich und spürte wie trocken mein Hals war.

Ich ließ mir von dem Mann an der Rezeption ein Taxi holen. Es kostete mich knapp dreißig Euro, aber das war mir ziemlich egal. Meine Gedanken waren im Moment ganz woanders. Ich hatte keine Ahnung, wie es jetzt weitergehen sollte, und zum ersten Mal hatte ich wirklich das Gefühl, dass alles schiefgegangen war. Da konnte mir niemand heraushelfen.

Bevor ich das Treppenhaus betrat, zögerte ich knapp eine Minute. Ich wurde erst aus meiner Starre gerissen, als eine ältere

Frau die Tür öffnete. Ich grüßte, viel zu leise, als dass sie es hätte hören können, und schlüpfte dann durch die zufallende Tür ins Haus. Mein Herz klopfte. Vielleicht hatte ich seine Reaktion gestern völlig falsch interpretiert, vielleicht war er nur ein wenig unsicher und ein paar Worte hätten alles gerichtet.

Ich schob den Schlüssel zitternd in das Schloss und drehte ihn langsam, dann ging ich hinein und sah im Wohnzimmer nach, ob Benedikt dort saß. Da waren ein paar Fotos von uns, der Fernseher, die Ledercouch, aber von ihm keine Spur. Ich überlegte kurz, ob ich nach ihm rufen sollte, aber wahrscheinlich war er im Schlafzimmer. Also ging ich dorthin und er war wirklich da. Aufgelöst. Er hatte geweint und zwar lange, das konnte man ihm deutlich ansehen.

»Ich will dich heiraten, Oliver«, sagte er. »Willst du mich noch?«

Dann stand er auf und wir umarmten und küssten uns. Es fühlte sich falsch an, da ich ständig an den Fick in der Disco denken musste. Ich musste es ihm sagen, das war mir klar.

Mit einer Geste deutete ich an, dass wir uns beide aufs Bett setzen sollten; und dann saßen wir dort, erst einmal ohne ein weiteres Wort.

»Ich bin dir fremdgegangen«, sagte ich irgendwann. »Gestern. Ich war einfach völlig ...«

Ich merkte, dass ich weinte.

Was hatte ich getan? Was zum Teufel hatte ich mir dabei gedacht? Wieso war es unmöglich für mich, zu scheitern?

Er sagte nichts und mein ganzer Körper verkrampfte. Dann blickte ich vorsichtig zu ihm.

»Es tut mir leid.«

Er sah mich lange an und ich versuchte irgendetwas in seinem Gesicht auszumachen, irgendeinen Hinweis zu bekommen, was er jetzt sagen würde.

»Es ist okay«, sagte er. »Lass uns das alles vergessen und lass uns heiraten.«

Ich war vollkommen überwältigt.

»Es tut mir leid, keine Ahnung, ich ...«

»Lass uns nicht mehr darüber reden.«

Er küsste mich.

»Willst du mich heiraten?«, fragte er und ich brach noch einmal in Tränen aus. Diesmal allerdings vor Freude.

»Ja.«

Seine Augen strahlten.

»Ja, ich will.«

16

Die nächsten Monate waren von Arbeit geprägt. Die Hochzeit musste vorbereitet werden und auch der Job spannte mich immer mehr ein. Ich war drauf und dran, die komplette Zweigstelle zu übernehmen. Die Mails von EGL wurden sporadischer. Manchmal sollte ich kleine Gefallen für sie erledigen, manchmal halfen sie mir, wenn ich in irgendeinem Club Mitglied werden wollte. Es fühlte sich gut an.

Die Beziehung zu Benedikt lief nicht schlecht und ich war froh, jemanden da zu haben, aber irgendetwas hatte sich geändert. Ich wusste nicht, woran es lag; ob es die Hochzeit war, die bald anstand oder sein Studium, welches ihn mit seiner Bachelorarbeit einspannte.

Wir gingen erst nach Monaten wieder aus und zwar als Fabian in seiner Villa eine Babyparty feierte. Sein erster Sohn war geboren worden und er feierte groß in einem eigens von ihm restaurierten Herrenhaus am Rand der Stadt. Ich hatte ihn bisher nie besucht, weil er immer gut zu tun hatte, genau wie ich selbst, aber nun war es soweit.

Es war überwältigend. Das war alles möglich mit EGL? Unfassbar. Einfach unfassbar. Ich hatte das Gefühl, dass ich meine Zukunft dort errichtet sah.

Als ich auf dem Parkplatz des Grundstücks parkte, schämte ich mich schon richtig für meinen Mercedes, der zwischen den Bentleys, Jaguars und Ferraris keine gute Figur machte.

Benedikt und ich hatten uns fein rausgeputzt; er war das gar nicht gewohnt, aber machte sich gut in seinem schwarzen Anzug. Die silbernen Manschettenknöpfe setzten Akzente und auch die Krawattennadel gefiel mir.

»Lern ich deinen Kumpel auch mal kennen«, sagte er lächelnd.

An den großen Türen des Grundstücks wurden wir empfangen; anscheinend von seiner Freundin.

»Ich bin Larissa. Du musst Oliver sein«, sagte sie seltsam kühl und umarmte mich und danach ihn. »Und du bist Benedikt?«

Wir nickten.

»Kommt rein, es sind schon fast alle da.«

Es war eine übermäßig schicke Party; alle möglichen Leute, die irgendetwas erreicht hatten, waren zugegen. Autoren, Drehbuchschreiber, Firmenleiter, Parteivorstände. Es langweilte mich und bald schon ließ ich Benedikt allein und tat mich am Buffet gütlich. Ich schaufelte mir Dorade und Steinbutt mit Gemüse auf den Teller und aß dann mit Benedikt schweigend an einem der vielen Tische. Bis zur Hochzeit waren es keine drei Monate und wir hatten uns absolut nichts zu sagen.

Zwischendrin gingen wir noch zu dem Baby, welches von den Eltern immer wieder vorgezeigt wurde. Fabian war etwas zurückhaltend, aber er lächelte mir zu, als er mich sah. Schließlich zog ich mich an die Bar zurück und trank irgendeinen Single Malt.

»Du konntest nie wirklich was mit den Partys anfangen, nicht?« Fabian stand plötzlich neben mir.

»Nicht wirklich. Ich dachte, dass es an irgendeiner Angst läge, aber ich hab einfach wenig Lust drauf. Tut mir leid, falls ich … «

»Nein, ich versteh das schon. Es ist halt eine Sache, etwas nicht zu tun, weil man Angst hat, und eine andere, weil man halt keine Lust hat.«

Ich nickte.

»Du wirkst nicht glücklich, Oliver. Ist alles okay? Bald heiratet ihr beide – ich hoffe, es ist alles okay bei euch.«

»Können wir rausgehen?«, fragte ich.

Wir gingen nach draußen auf den Balkon. Es war frisch, aber erträglich.

»Ich weiß nicht, was los ist«, sagte ich und starrte auf die Stadt runter.

»Du machst dir wieder Gedanken, oder?«

Ich nickte.

»Diesmal ist es gar nicht die Firma, es ist Benedikt.«

»Streitet ihr euch?«

»Nein, das ist es nicht. Er ist irgendwie … anders? Seit wir die Hochzeit planen und ich immer mehr arbeite … es ist als würden wir uns immer weiter auseinanderleben. Aber auch nicht wirklich. Ich weiß nicht.«

»Es ist einfach irgendein Gefühl, stimmt's?«

»Ja«, sagte ich knapp und machte eine unbeholfene Geste.

»Das ist es. Ein Gefühl.« Seine Stimme klang um einiges härter als noch vor einigen Sekunden. »Mir geht es manchmal genauso mit Larissa.«

»Du kennst das?«

»Ja, aber ganz ehrlich. Schau auf die Stadt. Der Ausblick.«

Ich folgte seinem Blick.

»Keine Ahnung – mein erstes Kind ist geboren. Ich habe Anteile an mehreren Firmen. Geld kommt einfach rein. Ich muss gar nichts mehr machen. Und da bist du auch bald. Es geht uns fantastisch. Früher waren wir froh, wenn wir überhaupt eine Beziehung hatten, und jetzt? Irgendein Gefühl, das uns Sorgen macht.«

»Du hast ja Recht.« Ich atmete tief ein und aus und sah ihn lange an. »Glückwunsch zu deinem Sohn.«

17

Ein paar Monate später war es dann soweit. Die Hochzeit. Ich hatte Fabian, Verwandte und auch die Frau von EGL eingeladen. Schließlich hatte ich der Firma alles zu verdanken. Allerdings erhielt ich ein paar Tage vor der Feier eine Absage.

Sehr geehrter Herr Urnheim,

danke für Ihre Einladung, leider kann ich oder jemand anderes von EGL nicht kommen, da wir ständig zu tun haben. Tut uns leid.

Auf Ihr kostbares Leben!

Es wirkte wie eine billige Ausrede, aber ich konnte ihnen nichts übelnehmen. Wie auch? Wie gesagt, ich hatte ihnen alles zu verdanken.
    Es war ein sonniger Tag in Lissabon, als wir staatlich getraut wurden. Portugiesische Musik spielte und Blütenblätter wurden geworfen. Verwandte, die ich seit Jahren nicht mehr gesehen hatte, waren gekommen.
    Es war eigentlich sehr schön, aber irgendetwas fehlte. In diesen Tagen dachte ich häufig daran, was Fabian gesagt hatte. Irgendein Gefühl. Nicht mehr.
    Am Abend trank ich mit Fabian wieder, hatte einen Moment allein mit ihm. Verwandte und Freunde waren schon auf ihren Hotelzimmern und Benedikt wollte ein paar Momente für sich haben.
    »Glückwunsch. Nun auch unter der Haube – mit meiner Freundin ist es ja auch bald soweit. Hätte nicht gedacht, dass du der Erste von uns beiden sein würdest.«
    Ich grinste.
    »Überleg mal, vor knapp zwei Jahren wäre sowas unmöglich gewesen und jetzt sind wir hier.«
    »Danke nochmal, für alles.«

Es war gut jemanden zu haben, der das alles zum Teil auch erlebte.

Die Flitterwochen verbrachten wir ebenfalls in Portugal. Meistens fickten wir oder saßen am Pool. Manchmal ging ich allein in die Stadt, manchmal auch Benedikt. Wir hatten uns nicht so viel zu sagen, wie ich gehofft hatte, aber es war eigentlich alles in Ordnung. Ich dachte viel darüber nach, ob ich irgendetwas tun könnte, um das Feuer vom Anfang wiederzuerwecken.

»Ich geh noch 'ne Cola trinken«, sagte Benedikt eines Abends und ich dachte mir nichts dabei, zappte durch das Fernsehprogramm und kreiste ab und an mit meinem Kopf. Die Arbeit der letzten Wochen hatte einige körperliche Spuren hinterlassen.

»Klar, bis gleich«, meinte ich und sah zu, wie er das Hotelzimmer verließ. Nachdem ich durch einige portugiesische Telenovelas gezappt hatte, die das Programm völlig zu überlaufen schienen, griff ich nach meinem Handy, welches auf dem Nachttisch sein sollte. Aber da war es nicht. Ich sah auf der Kommode nach, auf welcher der Fernseher stand, aber auch dort war es nicht. In meinen Hosentaschen ebenfalls nicht. Wo war mein Smartphone? Ich überlegte und dann fiel mir ein, dass ich es Benedikt am Morgen gegeben hatte, damit er sich ein Video ansehen konnte, das ich witzig gefunden hatte. Vielleicht hatte er es eingesteckt? Ich zog mich an und entschied mich, ihn zu suchen. Es wäre sowieso mal gut, wenn wir zusammen unterwegs waren. Ich sollte nicht nur darüber nachdenken, irgendetwas an der Beziehung zu ändern, sondern es tatsächlich tun. Ich verließ das Hotelzimmer und lief den Gang entlang; etwas schneller als sonst, um ihn einzuholen, aber auch nicht gehetzt.

Vom Teppichboden klangen meine Schritte nur dumpf wider und ich nahm die Treppe, da ich so schneller sein würde, als mit dem Fahrstuhl. Es war ja nur der erste Stock.

Und dann sah ich Benedikt. Nicht auf den ersten Blick; erst als ich schon das hell erleuchtete Treppenhaus verlassen wollte. Er stand einfach da. Und starrte ins Nichts. Bewegte sich nicht. Er stand auf der Treppe, die nach unten zu dem Heizungskeller des Hotels führte. Er stand einfach da. Keine Regung.

»Benedikt?«, fragte ich halblaut.

Ich überlegte, ob ich zu ihm gehen sollte, aber entschied mich dagegen. Es war zu irreal. Was war da los? Er stand einfach stocksteif da.

»Benedikt, hörst du mich?« Diesmal lauter.

Keine Reaktion.

18

Ich ließ den Urlaub abbrechen, sagte, dass ich mich nicht wohlfühlte, und schlief kaum noch. Benedikt machte mir Angst. Was war das gewesen? Ab und an verfolgte ich ihn und häufig blieb er einfach in irgendeiner Seitengasse stehen. Minutenlang, stundenlang. Von der Seite sah ich einmal seine Augen, die fahlgrau waren, so als wären sie aus Beton.

Ich wusste nicht, mit wem ich da zusammenlebte. Ich achtete mehr auf sein Verhalten und alles wirkte zunehmend lieblos. Da fehlte irgendein Funke, den ich bei anderen spürte, und ich dachte mir, dass es das gewesen sein musste, was mir die ganze Zeit aufgefallen war. Man spürt, wenn etwas künstlich ist, man spürt es einfach.

Und ich bekam das Gefühl immer häufiger. Nicht nur bei Benedikt, sondern auch bei anderen. Ich schien eine Art Radar für diese ganz spezielle Form der Künstlichkeit zu entwickeln. Es waren einzelne Leute, einige Mitarbeiter in der Firma, die ich in der Pause verfolgte. Überall war es dasselbe. Ich fühlte mich wie ein missverstandener Verschwörungstheoretiker, der wirklich über Geheimwissen verfügte. Fiel das niemandem auf?

Ich schlief nur noch ein oder zwei Stunden am Tag und hielt mich mit Kaffeedosierungen wach, die jenseits von de Balzac lagen. Häufig saß ich in irgendwelchen Cafés und suchte nach verräterischen Anzeichen bei den Leuten und es schienen immer mehr zu werden. Als würde die ganze Welt langsam von ihnen unterlaufen werden.

In den Kaufhäusern, in den Straßen, in Restaurants, überall.

Je mehr Zeit verstrich, desto stärker schälten sich drei ganz konkrete Optionen heraus: mit Fabian zu sprechen, mit der Firma zu sprechen oder den Anzugmacher wieder aufzusuchen. Letzterer schien irgendwie schon damals Angst gehabt zu haben. Wusste er mehr? Oder war es einfach eine unbestimmte Angst, die ihn verfolgte? Ich musste es tun. Irgendwie wollte ich wissen, dass ich nicht verrückt war.

Es war wieder 9 Uhr abends, als ich das Geschäft erreichte. Ich hoffte, dass er mit mir reden würde – wenn nicht, wüsste ich nicht, was ich tun sollte.

Ich klingelte und wieder kam der Mann aufgescheucht her. Nur diesmal waren seine Augenringe tief, als hätten sie sich für immer in seinem Gesicht eingebrannt. Er schien stark abgenommen zu haben.

»Sie sind es.«
Ich nickte.
»Holen Sie mich jetzt? Ist es das jetzt?«
Er wirkte vollkommen resigniert.
Ich runzelte die Stirn.
»Nein. Ich weiß nicht, was hier los ist. Ich habe irgendwie das Gefühl, dass Sie mehr wissen.«
»Gehen Sie. Bitte.«
»Bitte, lassen Sie mich hinein. Ich weiß nicht, was um mich herum passiert.«

Er zögerte und sah mich lange an. Es schien, als würde er jeden Millimeter meines Körpers scannen. Dann nickte er und bat mich herein. Er holte zwei Stühle, damit wir uns setzen konnten.

»Was wissen Sie?«, fragte er barsch.
»Nichts. Aber immer mehr Leute … also … ich habe meinen Freund … Mann verfolgt und er stand plötzlich da. Regungslos. Und die Leute haben immer mehr …« Mir wurde klar, wie verrückt das klang.
»Ja«, sagte der Mann. »Diese Leute wurden ausgetauscht.«
»Ausgetauscht?«
»Haben Sie sich mit Ihrem Mann gestritten?«
»Ja.«
»Und plötzlich war alles wieder gut?«
»Mehr als das.«
Eine miese Vorahnung beschlich mich.
»Ausgetauscht.«
»Auch Mitarbeiter und Leute auf der Straße …«
»Ausgetauscht.«
»Warum?« Ich spürte, dass meine Stimme zitterte.

Der Mann atmete tief ein und aus.

»Ich weiß es nicht. Wirklich keine Ahnung. Ich weiß nur, dass es passiert. Damals haben Sie mich vor die Wahl gestellt, einfach alles zu akzeptieren oder ebenfalls ausgetauscht zu werden.«

Mir fiel mein Abteilungsleiter wieder ein.

»Mein Abteilungsleiter damals. Er war plötzlich auf der Straße und …«

»Er hat Glück gehabt. Manche verschwinden … ich weiß nicht wohin. Ich weiß nicht, wie sie entscheiden, wen sie wegbringen und wen sie *nur* auf die Straße schicken. Oder ob es ganz anders funktioniert.«

Er massierte sich die Nasenwurzel. Er schien Kopfschmerzen zu haben.

»Es ist diese Firma. *Ein gutes Leben.* Sie sind nicht … wie ich und Sie. Sie sind irgendetwas anderes. Ich … lassen Sie mich bei Ihren weiteren Schritten aus dem Spiel … in Ordnung?«

Ich nickte.

»Ich erinnere mich noch gut, als ich in Ihrer Situation war. Meine ganze Welt ist zusammengebrochen.« Er wirkte nachdenklich und dann sah er mir in die Augen. »Bitte, Sie dürfen mich nicht verraten.«

»Ich verspreche es.«

»Danke.«

Eine Pause entstand.

»Was kann ich tun?«, fragte ich.

»Nichts.«

»Irgendwas muss man doch tun können?«

»Nein. Wir können nur noch hoffen.«

19

Nach dem Gespräch fuhr ich nach Hause und brach in Tränen aus. Nichts war mehr echt, nichts war mehr möglich, alles war zerstört. Benedikt, oder was auch immer er war, bekam es zum Glück nicht mit. Ich wusste nicht mehr weiter. Ich musste mit Fabian reden.

Die ganzen Seltsamkeiten, die ich immer wieder ignorierte, um mein Leben sorgenfrei zu leben, waren zu viele geworden. Es war klar, dass diese Firma nicht normal war.

Ich hatte keine Ahnung, womit ich es zu tun hatte, aber das war auch nicht wichtig. Ich musste einfach weg.

Irgendwann morgens gegen 7 Uhr rief ich Fabian an.

»Kann ich vorbeikommen?«

»Klar, was ist los?«

»Ich erklär dir alles nachher. Bis gleich.«

Ich legte auf.

Ich musste Fabian von der Wahrheit erzählen, daran bestand kein Zweifel.

Ich erreichte die Villa gegen 8 Uhr und er stand schon am Tor. Kurz vor dem Gitter hielt ich und er stieg ein.

»Was ist los, Oliver?«

»Alles ist fake. Ich hab Benedikt verfolgt, er ist nicht echt. Er steht manchmal einfach da, bewegt sich keinen Millimeter. Es gibt auch andere … ihre Augen sind kalt, sie sind …«

»Ich weiß«, unterbrach mich Fabian.

»Du weißt Bescheid?«

Er kratzte sich seufzend am Kopf.

»Ja. Larissa auch. Sogar mein Sohn.«

Er sagte das, aber nicht mehr als eine Spur Trauer war herauszuhören.

Er hatte es akzeptiert. Das wurde mir klar.

»Das ist alles eine Lüge, wir müssen irgendetwas tun …«

»Unser Leben war noch nie so gut, ganz ehrlich, was macht es? Es ist nur ein Detail.«

»Es ist nicht echt.«

»Das ist doch nicht wichtig. Du warst nie so glücklich, du fokussierst dich einfach auf die falschen Dinge. Wir haben unendlich viel Glück.«

»Das ist kein Glück, wenn Menschen ausgetauscht werden. Wie viele sind für uns verschwunden, wie viele?«

»Wie viele Leute sterben tagtäglich in Dritte Welt Ländern – darauf gibst du doch auch 'nen Fick. Keine Ahnung.«

»Das ist was anderes.«

»Du bist scheinheilig.«

»Es sind keine Menschen! Die Leute um uns herum sind nicht menschlich. Dein Sohn ist wahrscheinlich …«

»Nein. Er ist seit Geburt so. Da wurde nichts ausgetauscht.«

»Er ist kein richtiger Mensch.«

Er sah mich lange an.

»Oliver. Lass es sein.«

Er fuhr sich durch die Haare und holte aus seiner Hosentasche eine Schachtel Zigaretten. Ich ließ ihn gewähren.

»Seit wann rauchst du?«

»Was spielt das für eine Rolle?«

Er klappte die Schachtel wieder zu, runzelte die Stirn, starrte lange auf die Packung.

»Dich lässt das nicht kalt. Es ist falsch. Du weißt es«, sagte ich.

Er schloss die Augen und ich saß still da, wartete auf eine Reaktion. Nach ein paar Sekunden sagte ich: »Wir müssen etwas tun – es ist falsch.«

»Nein.« Er öffnete die Wagentür und stieg aus. »Ruf mich nie wieder an.«

Mit einem Knall warf er die Tür zu und ging zurück auf sein Grundstück. Tränen verschleierten meine Sicht.

20

Es dauerte einige Minuten, bis ich wieder losfuhr. Ich wusste nicht, was ich jetzt noch tun sollte. Zuerst würde ich Benedikt rauswerfen und mich einschließen. Mehr wusste ich noch nicht. Diese Welt musste ausgesperrt werden. Als würde, wenn ich es nicht täte, alles Unechte in mich hineinkriechen.

Als ich vor meiner Wohnung hielt, wartete ich lange. Ich war wie gelähmt; und ich zitterte.

Irgendwann ging ich zum Hauseingang und versuchte, die Tür zu öffnen, aber mein Handzittern verhinderte es immer wieder. Aber kurz darauf wurde sie aufgezogen.

Mein Blick wanderte langsam von meinem Schlüsselbund zu der Person, die vor mir stand. Es war die Frau. K. Irroma.

»Oliver. Fabian hat uns geschrieben.«

Ich wollte rennen, aber ich wusste, dass es nichts bringen würde.

Ich wollte sie niederschlagen, aber ich wusste, dass ich keine Chance haben würde.

Ich wollte alles ungeschehen machen, aber ich wusste, dass es kein Zurück mehr gab.

»Entscheide dich. Für oder gegen uns. Du weißt genau, was dich auf jeder Seite erwartet.«

Ich sah sie nur an, konnte nicht sprechen.

»Entscheide dich. Wirst du aufhören, gegen uns zu arbeiten?«

Meine Augen waren starr auf sie gerichtet.

Ich hatte keine Chance.

Ich nickte.

»Auf Ihr kostbares Leben, Herr Urnheim.«

Sie lächelte.

Ein einsames Leben

Devon Wolters

Ich beschattete diesen Mann schon seit einer Woche – und hatte keine Ahnung wieso. Nun war es Mittag und ich saß in meinem Auto vor seinem Haus. Diese Art von Aufträgen zog sich immer bis ins Endlose. Er war ein uninteressanter Mann. Meistens saß er einfach nur zu Hause. Manchmal fuhr er morgens zur Arbeit.

Und kam dann abends zurück. Es gab nie Besuch und er sah aus, wie jeder andere in der Nachbarschaft.

Aber der Klient hatte ausdrücklich gesagt, dass wir diesen Mann nicht aus den Augen lassen durften. Es war ein Steuerberater gewesen, ein ziemlich nervöser Typ. Er hatte sich wohl ziemlich überwinden müssen, um in die Privatdetektei zu kommen; hatte die ganze Zeit herumgestammelt und kaum damit rausrücken wollen, wen wir da im Auge behalten sollten. Aber nach einigen beruhigenden Worten hatte er uns dann endlich aufgetragen, diesen Mann zu beschatten; mit dem Zusatz, dass wir aufpassen sollten, denn er sei gefährlich.

Doch nach unserer einwöchigen Beobachtung konnte ich sagen: Dieser Mann war einfach irgendwer. Er arbeitete in einem Callcenter und verließ außer wegen der Arbeit nur selten das Haus. Sein Leben sah langweilig und keineswegs gefährlich oder fragwürdig aus. Wenn meine Schicht vorbei war, kam Mary, um ihn zu überwachen, und auch ihr war bisher nichts aufgefallen.

Ich seufzte und legte den Kopf in den Nacken. Man konnte sich Besseres vorstellen, als den Samstagnachmittag im Auto in irgendeinem langweiligen Vorort zu verbringen. Aber das war eben meine Arbeit, also wurde sie erledigt.

Ich setzte mich auf, als der Mann am Fenster vorbeilief. Wohl das Aufregendste, das heute geschehen würde. Ich spürte schon meinen Adrenalinpegel steigen.

Als ich gefragt hatte, warum wir diesen Mann überwachen sollten, hatte der Klient bloß gesagt: »Tut es einfach. Er … er ist unheimlich, kein guter Mensch. Er hat etwas vor, er wird irgendetwas tun … Sie müssen das verhindern.«

Gut, und hier war ich nun, aber ich würde garantiert nicht verhindern, dass er morgens zur Arbeit fuhr oder sowas. Mittlerweile fragte ich mich, ob *der Klient* nicht vielleicht ein wenig durchgeknallt gewesen war. Sowas kam vor, irgendwer, der nicht ganz bei Sinnen war und sich etwas in den Kopf gesetzt hatte. Solange sie Geld hatten, ging man ihren Anfragen eben nach. Bisher sah es danach aus, als wäre das hier der Fall.

Ich sah ihn nochmal am Fenster vorbeigehen. Es war so lächerlich normal. Sein Rasen war frisch gemäht, als wäre es erst gestern geschehen. Und das war es nicht, das wusste ich.

Wenn ich so nachdachte ... der Rasen sah jeden Tag so aus.

Obwohl er ihn bisher nie gemäht hatte.

Ich schaute zum Haus und suchte es ab. Nein, Mülltonnen standen dort auch nirgends. Wieso fiel mir das erst jetzt auf?

Ich seufzte. Um die Langeweile loszuwerden, spann man sich wirklich jeden Scheiß zusammen.

Langsam wurde mir dieses Rumsitzen und Warten zu viel. Ich holte mein Smartphone aus der Tasche und schrieb Mary eine Nachricht.

»Wär's okay, wenn ich mal mit ihm rede?«

Nach einer Minute antwortete sie: »Wie das?«

»Keine Ahnung«, tippte ich. »Ich geb mich als irgendwas aus und schaue mich bei ihm im Haus um. Vielleicht fällt mir dann ja was auf. Was denkst du?«

»Ist einen Versuch wert.«

Ich packte das Smartphone wieder weg und stieg aus dem Wagen. Es war ein angenehmer Tag, sonnig, warm. In der Ferne hörte man spielende Kinder. Eine Frau putzte in aller Ruhe ihr Fenster. Gartenzwerge auf grünen Wiesen.

Ich war aus meinem Auto geradewegs in einen republikanischen Wahlwerbespot gestiegen.

Ich ging zur Haustür, blieb stehen und sah, dass es kein Klingelschild gab. Wie hieß dieser Mann überhaupt? Der Steuerberater hatte uns nur die Adresse gegeben.

Ich klingelte. Es dauerte kurz, doch dann hörte ich Schritte und der Mann öffnete die Tür. Ich grüßte ihn und hielt ihm die Hand hin, aber er ignorierte sie.

»Na endlich, habe mich schon gefragt, wann Sie aufhören, vor meinem Haus rumzulungern.«

Ich ließ meine Hand sinken. Ich wollte etwas sagen, doch wusste nicht, was.

»Nun ja, ich …«

»Hören Sie auf, zu stammeln und kommen Sie rein«, sagte er und trat von der Tür weg.

Kurz betrachtete ich ihn. Perfekte Haare, gezupfte Augenbrauen und strahlend weiße Zähne.

Ich war etwas verdutzt. Zum einen, weil er mich bemerkt hatte – normalerweise waren die Leute blind. Zum anderen, weil er mich einfach so hereinbat.

Ich ging hinein und er schloss die Tür hinter mir.

»Ins Wohnzimmer«, sagte er und führte mich den leeren Flur entlang.

Im Wohnzimmer gab es nichts, bis auf ein Sofa und einen Sessel. Kahle, weiße Wände.

»Setzen Sie sich«, sagte er und wies zum Sessel.

Ich blieb stehen. Er setzte sich aufs Sofa.

»Entschuldigen Sie das ›Rumlungern‹«, sagte ich.

»Kein Problem«, antwortete er. »Hatte schon damit gerechnet, dass das früher oder später passieren würde.«

»Wieso das?«, fragte ich.

Er wies erneut zum Sessel.

»Setzen Sie sich.«

Ich nickte und tat es.

»Also warum haben sie damit gerechnet, dass Sie irgendwann überwacht werden würden?«

Er lächelte.

»Sagen wir, dass ich eben diese Wirkung auf die Leute habe. Sie mögen mich nicht und reden sich dann irgendetwas ein. Ist mittlerweile schon vier oder fünf Mal passiert.«

Ich schaute ihn mir an – er blickte vollkommen ernst und sein Gesicht schien in Stein gemeißelt zu sein. Es war die beste Idee seit Tagen gewesen, einfach mal bei ihm an die Tür zu klopfen. Selbst, wenn er log, lernte ich seine Art kennen und wusste, woran wir waren.

»Was ist die letzten Male geschehen?«
»Ich wurde eines Mordes beschuldigt. Vom neuen Mitarbeiter des Callcenters. Er lernte mich kennen und mochte mich nicht.«
Ich nickte.
»Was noch?«
»Jemand hielt mich für einen Satanisten, der Tieropfer durchführt, und hat veranlasst, dass mein Haus durchsucht wird.«
»Er mochte Sie nicht.«
Der Mann nickte.
»Ganz richtig. Das tun die wenigsten. Und wer es tut, wird für gewöhnlich ebenfalls nicht allzu sehr von den Leuten gemocht.«
»Und wie ist es dieses Mal? Wer hat uns auf Sie angesetzt?«
Der rechte Mundwinkel des Mannes zuckte ein wenig. Die einzige Regung, die er bisher gezeigt hatte.
»Das wird wohl Jerry gewesen sein, mein neuer Steuerberater. Wir hatten bisher zwei Termine, und schon beim ersten hat er mir deutlich gemacht, dass er mich nicht mag. Nach dem zweiten hat er mich aus seinem Büro geschmissen und ist danach vermutlich zu Ihnen gekommen. Es ist ein einsames Leben.«
Ich verstand, warum man diesen Mann nicht mochte. Seine Stimme war unangenehm, er benahm sich seltsam und sah aus, als hätte er versucht, sich möglichst ›normal‹ zu verkleiden. Als hätte er einen Menschen in einer Zeitschrift gesehen und versucht, das nachzuahmen. Aber zwischen ›nicht mögen‹ und ›für einen Mörder halten‹ gab es einen Unterschied.
»Entschuldigen Sie, Sir, aber was genau meinen Sie, wenn Sie sagen ›sie mochten Sie nicht‹? Ich meine, ich stammle nicht vor mich hin und kriege kein Wort heraus, weil ich jemanden nicht mag. Ich zeige niemanden an, weil ich ihn nicht mag.«
»Nicht? Dann verstehe ich die anderen auch nicht.«
»Ein wenig Ernsthaftigkeit, bitte. Ich würde dem Ganzen gerne auf den Grund gehen.«
Er beugte sich vor.
»Ich auch, glauben Sie mir. Ich habe es schon oft versucht – aber es ist tatsächlich so einfach. Man redet ein paar Minuten mit mir und mag mich nicht. Dann sucht man Gründe dafür und redet sich irgendetwas ein. Merken Sie doch gerade selber. Man traut

mir nicht über den Weg. Und dann passiert sowas hier.«
Ich schaute ihn an. Irgendetwas verschwieg er mir.
»Entschuldigen Sie, das verstehe ich nicht«, sagte ich. »Ich habe noch nie davon gehört, dass jemand angezeigt wird, weil er nicht gemocht wird. Es muss doch wenigstens irgendeinen Hinweis darauf gegeben haben, dass Sie zum Beispiel ein Satanist sind, damit irgendjemand das annimmt. Und sei es nur ein Missverständnis.«
Die Augen des Mannes sagten mir, dass er mich für einen Idioten hielt.
»Ich habe ihm meine Sammlung an geschlachteten Katzen gezeigt. Mein Psychologe hat mir gesagt, man müsse offen mit seinen Hobbys umgehen, egal, wie seltsam sie sind. Jeder hat Macken.«
Ich stutzte.
Er schauspielerte ein Lächeln. Strahlend weiße Zähne. Dieser Mann wirkte viel zu herausgeputzt, klinisch kalt. Ich hatte zwei Minuten mit ihm geredet und war überzeugt, dass bei ihm irgendetwas wirklich Übles abging.
»Sie möchten doch sicher, dass wir aufhören, Sie zu überwachen. Dann wäre es sehr freundlich, wenn Sie kooperieren und auch tatsächlich auf meine Fragen eingehen würden. Das würde das Ganze beschleunigen und ich könnte abhauen.«
»Ich kann Sie auch einfach rauswerfen. Seien Sie froh, dass ich überhaupt mit Ihnen spreche. Also spielen wir hier nach meinen Regeln.«
Ich nickte.
»Natürlich. Aber für alle Beteiligten wäre es leichter, wenn wir ganz klar darüber sprechen, was hier los ist. Denken Sie bitte nach. Was könnten Sie Ihrem Steuerberater gesagt haben, das ihm eine solche Angst eingejagt hat?«
Er lehnte sich zurück und schaute nachdenklich zur Decke.
»Nun ja, ehrlich gesagt weiß ich das tatsächlich nicht. Wissen Sie, ich bin einfach, wer ich bin und spreche mit ihm über meine Steuern. Da fängt er an zu schwitzen und stammelt nur noch vor sich hin. So ist das leider schon seit meiner Kindheit. Meine Lehrer haben mich nie gemocht und trotzdem war ich ein

Musterschüler. Ich glaube, sie hatten Angst, mir eine Drei oder was Schlechteres zu geben. Bei Jobgesprächen wurde ich stets abgelehnt, bis ich meinen Platz im Callcenter fand. Und selbst am Telefon sind sie unhöflich und scheinen etwas neben sich zu stehen. Ich würde ja gerne auf Ihre Frage antworten – aber es gibt keine Antwort. Ich bin einfach so.«

Ich nickte und stand auf. Alles was er bisher gesagt hatte, war gelogen, aber er würde bei dieser Antwort bleiben.

»Darf ich mich mal in Ihrem Haus umsehen? Danach wäre ich auch weg, keine Sorge.«

»Machen Sie«, sagte er und blieb auf dem Sofa sitzen.

Er ließ mich tatsächlich einfach so sein Haus durchsuchen. Ich ging durch die Räume der unteren Etage. In der Küche gab es Schränke, einen Kühlschrank und einen Herd, aber auch hier sah es irgendwie leer aus. Nichts wirklich Verdächtiges, genau wie in der Toilette oder der Abstellkammer.

Dann ging ich die Treppe hoch und fand vier Zimmer vor. Drei standen leer. Im vierten befand sich ein Bett. Das war alles. Kein einziges Bild an den Wänden.

Ich ging die Treppe runter, hielt vor der Kellertür, öffnete sie und ging hinunter. Weiße Fliesen, weißes Neonlicht. Mehr nicht. Nichts, das auf irgendein Verbrechen hinwies.

Und nichts Lebendiges. Das Haus war absolut steril.

Ich suchte gar nicht nach irgendetwas. Es ging um das, was fehlte.

Ich ging die Treppe hoch und wieder in die Küche. Ich öffnete den Kühlschrank. Leer. Ich durchsuchte die Schränke und Schubladen. Weder Teller, noch Gläser, noch Messer oder Gabeln. Im Wohnzimmer war wirklich gar nichts außer dem Sofa und dem Sessel – so als hätte dieser nur für mich bereitgestanden. Der Mann saß derweil auf seiner Couch, starrte die Wand an und lächelte vor sich hin. Ein undefinierbarer Ekel stieg in mir auf.

Ich ging noch einmal durch das ganze Haus, fand weder Bilder, noch Essen, noch irgendetwas anderes, was mir sagte, dass hier jemand lebte. Es war einfach nur ein Haus, in dem jemand schlief. Mir wurde wirklich unwohl, ich wollte so schnell wie möglich hier raus.

Irgendwann ging ich wieder ins Wohnzimmer. Er saß noch immer dort und starrte an die Wand.

Ich räusperte mich.

»Ich habe nichts gefunden.«

Er starrte weiter die Wand an.

»Damit habe ich auch nicht gerechnet.«

»Sie sagen, es liegt einfach nur daran, dass die Menschen Sie nicht mögen? Dass Sie seltsam auf die Menschen wirken?«

Er drehte den Kopf zu mir und ich sah sein viel zu breites, viel zu gestelltes Lächeln. Große, graue Augen. Seine hässliche Fratze erweckte Ekel in mir.

Er versteckte etwas, irgendetwas stimmte nicht mit ihm, irgendetwas Falsches ging hier vor.

»Wirke ich etwa nicht seltsam auf Sie?«

Ich schluckte.

»Es wird Zeit, dass Sie gehen«, sagte der Mann.

Er stand auf und brachte mich hinaus. Ich achtete darauf, dass er mir nicht zu nahe kam. An der Tür blieben wir stehen.

»Lungern Sie ruhig weiter vor meinem Haus rum und versuchen sich davon zu überzeugen, dass es noch irgendetwas anderes ist als das. Sie werden nichts finden.«

Er gab mir die Hand. Seine Haut fühlte sich kalt und glitschig an, fast schon schuppig. Ich ließ sie los und trat aus dem Haus.

»Machen Sie's gut. Viel Spaß bei der Suche«, sagte er und schloss die Tür hinter mir.

Ich folgte dem Weg zu meinem Auto. Grüne Wiesen und weiße Häuser um mich herum. Ich spürte den Schleier, der auf dieser Gegend lag. Alles schien von diesem Haus auszugehen. Das Lachen der Kinder in der Ferne schien gedämpft zu sein, irgendwie hysterisch, die Frau, die ihr Fenster putzte, vergewisserte sich, dass niemand sie beobachtete.

Ich stieg ins Auto und schaute zum Haus des Mannes. Er stand am Fenster und schaute zurück. Irrte ich mich, oder waren seine Zähne spitz? Mir lief es kalt den Rücken runter.

Ich tippte eine Nachricht an Mary.

»Wir müssen die Überwachung verstärken. Etwas stimmt mit diesem Typen nicht.«

Kurz wartete ich.

»Was? Wie war's?«, antwortete sie.

Ich tippte: »Er ist seltsam. Irgendetwas geht bei ihm vor. Wir müssen alles überprüfen, was es zu ihm gibt, jeden befragen, der irgendwie Kontakt zu ihm hat. Wir haben da was ganz Großes.«

Ich zögerte etwas, die nächste Nachricht zu tippen.

»Ach ja. Halt dich bei deiner Schicht von ihm fern. Er ist gefährlich.«

Es dauerte, bis Mary antwortete.

»Gut, mach ich.«

Ich steckte das Handy zurück in meine Tasche. Was auch immer mit diesem Mann nicht stimmte, wir würden es herausfinden und ihn einbuchten.

Ich schaute zum Haus. Mittlerweile stand er nicht mehr am Fenster. Er war im Haus und tat irgendwas. Nur wusste ich nicht was.

Irgendwann gingen zwei weitere Leute den Weg zu seinem Haus hinauf. Anzüge, Bibeln in den Händen. Sie würden noch die ganze Straße abklappern. Sie klingelten und ich setzte mich auf.

Der Mann öffnete die Tür und bat die beiden hinein. Sie wollten wohl mit ihm über Gott sprechen. Die nächsten Minuten geschah gar nichts.

Dann öffnete sich die Tür wieder und die beiden kamen heraus. Sie blieben ein paar Sekunden vor dem Haus stehen. Dann holte einer ein paar Streichhölzer aus seiner Hosentasche, entzündete sie und hielt sie an seine Bibel. Der andere tat es ihm gleich. Sie ließen die brennenden Bücher fallen und traten darauf ein.

Dann blickten sie die Straße hinunter, richteten ihren Anzüge, und gingen.

Was auch immer mit diesem Mann nicht stimmte – er musste zur Strecke gebracht werden.

Danksagung

Nachdem Ausgelöscht veröffentlicht war, habe ich lange überlegt, was mein nächstes Buch werden könnte. Es ist ja nur eine Frage der Zeit, bis der zweite Roman veröffentlicht wird, aber in diesen Tagen wirkte dies aus diversen Gründen wie ein unmögliches Projekt.
Irgendwann entschied ich mich, stattdessen dafür erst ein kleines Projekt zu realisieren, das grundsätzlich jedem kostenlos zur Verfügung steht (in der Ebookfassung) und habe dafür einen etwas älteren Anfang einer Geschichte komplett ausgearbeitet und neu geschrieben.

Auch dieses Buch wäre nicht möglich gewesen ohne die Mithilfe einiger Leute.

Erst einmal ein großes Danke an Angela (Madame Yavi) für die erste Korrektur und die stetige Unterstützung bei allen möglichen Projekten. Manchmal wird mir doch alles zu viel.
 An Louis (Louis Coyote) für die zeitlich doch etwas kurz angesetzte zweite Korrektur und herausragende Zuverlässigkeit.
 Danke auch an Christopher (StrawManChris) für die (natürlich kurzfristigen) Korrekturen und die fantastische Zusammenarbeit im Gamebereich – ohne dich wäre das so nie möglich gewesen.

Ein ganz besonderer Dank gilt Devon (Helchastor), der dieses Buch mit seiner Geschichte bereichert hat und sich ebenfalls als Korrektor angeboten hat. Allgemein natürlich auch für den nun schon jahrelangen produktiven Austausch. Ohne dich wäre ich viele der Schritte vielleicht nie gegangen.

Wieder einmal zeigt sich Kjartan (TheElKjaro) für das großartige Cover verantwortlich. Auch hierfür wieder ein großes Danke!

Allgemein möchte ich noch einigen Leuten danken, die nicht direkt an diesem Buch mitgearbeitet haben, aber mir trotzdem wichtig sind. Habe sicher wen vergessen, Scheiße.

Danke an meine Familie für die fortdauernde Unterstützung.
Danke an Noël und seine Familie für die lange Freundschaft und den kreativen Geist.
Danke an Tobias für die Freundschaft und ohne den ich vielleicht nie mit Youtube angefangen hätte.
Danke an Zoë für die lange Zusammenarbeit und die stetige Hilfe.
Danke an Rita, die die zweite Auflage von Ausgelöscht erst möglich gemacht hat.

Nicht unerwähnt bleiben: Sybille, Steve, Tobias, Familie Reinert, Sophie.

Dann noch ein besonderer Dank an alle, die mich auf meinem Weg unterstützen und unterstützt haben. Dank auch an dich, du Lesemensch!

Danke auch an alle Kunstmachmenschen, die mich mit ihren Werken beeinflussen und immer wieder inspirieren. Leider wäre die Liste zu lang, um alle hier aufzuführen.
Danke, dass ihr etwas in die Welt hinaustragt!

Covergestaltung

Kjartan A. lebt, arbeitet und studiert in der Schweiz. Er zeichnet schon von klein auf und ist seit einigen Jahren unter dem Pseudonym TheElKjaro im Internet unterwegs. Sein Schwerpunkt liegt dabei auf Körpern, die häufig mit surrealen Elementen orchestriert werden. Seine Arbeit bewegt sich allerdings in vielschichtigen Bereichen, die sich nicht auf ein Medium oder ein Thema beschränken lassen.

Einflüsse sind vor allem aus dem klassischen Surrealismus und der modernen Street Art zu erkennen.

Neuigkeiten und mehr findest du unter:
TheElKjaro.deviantart.com
TheElKjaro.darkfolio.com

Für direkte Anfragen:
TheElKjaro@outlook.com

Autoren

Daniel G. Spieker. Schreibt und spricht.
Macht auch andere Dinge. Viel zu viele.

Projekte und Informationen findet man hier:
youtube.com/Weltenbruch
twitter.com/danielgspieker
smokesomefrogs.com

Kontakt und Anregungen:
sprech@weltenbruch.de

Devon Wolters macht weniger als er könnte und vor allem weniger als er möchte.

Aber was er macht, macht er auf:
youtube.com/user/Helchastor
twitter.com/Helchastor

Zum Belästigen:
wolters.devon@gmail.com

Leseprobe

Ausgelöscht – Daniel G. Spieker

Ich stand ungelenk auf und ging hinüber zum Schrank. Langsam öffnete ich die Schranktüren. Vielleicht war da ja tatsächlich ein Tier drin? Eine Maus, die nachts Geräusche machte? Bei so einem alten Möbelstück war das ja möglich. Allerdings huschte nichts heraus und ich konnte keine Bewegung wahrnehmen.
»Komm her Lisa – wir schauen uns das zusammen an.« Zögerlich stand sie auf und kam zu mir.
»Siehst du, Lisa, hier ist nichts.«
Ich strich an der Seitenwand entlang und klopfte einmal mit der flachen Hand darauf.
»Einfach massives Holz. Es ist ein wirklich guter Schrank. Ich wäre froh, wenn ich so einen hätte.«
Vielleicht hatte sie Angst, dass ein Monster darin war? Ich wusste es nicht.
»Schau Lisa – wenn ich mich jetzt reinstelle und die Tür zumache, wird auch nichts passieren.«
»Papa, mach das bitte nicht.«
»Es passiert nichts. Du kannst mir vertrauen.«
Ich stellte mich in den Schrank, schloss die Türen und wartete ab.
»Papa?«
»Siehst du? Alles ist gut, Lisa.«
Es roch leicht modrig, aber das war bei Mobiliar diesen Alters sicher normal. Ich öffnete wieder die Türen.
»Da ist nichts, Lisa.«
Um sie vollends zu beruhigen, klopfte ich gegen die Rückwand des Schranks und hörte einen hohlen Hall. Zunächst registrierte ich gar nicht, was das bedeutete. Erst als Lisa wieder puzzelte und beruhigt wirkte und ich aus dem Zimmer gegangen war, wurde es mir klar: Es hätte nicht hallen dürfen. Hinter der Rückwand war etwas. Der Schrank war eingelassen und fest mit der Wand verankert. Es dürfte höchstens ein dumpfes Klopfen geben, aber sicher keinen Hall.

?